La mort de Mignonne
et autres histoires

nouvelles

Données de catalogage avant publication (Canada)

Poitras, Marie Hélène
    La mort de Mignonne et autres histoires
    (Romans/récits)
    ISBN 2-89031-538-X
    I. Titre.

PS8581.O245M67 2005   C843'.6   C2005-941285-2
PS9581.O245M67 2005

Nous remercions le Conseil des Arts du Canada ainsi que la Société de développement des entreprises culturelles du Québec de l'aide apportée à notre programme de publication. Nous reconnaissons également l'aide financière du gouvernement du Canada par l'entremise du Programme d'aide au développement de l'industrie de l'édition (PADIÉ) pour nos activités d'édition.
Gouvernement du Québec – Programme de crédit d'impôt pour l'édition de livres – Gestion SODEC.

Mise en pages : Sophie Jaillot
Maquette de la couverture : Marie-Christine Bélanger
Photographie : John Lodoño

DISTRIBUTION :

Canada
Dimedia
539, boul. Lebeau
Saint-Laurent (Québec)
H4N 1S2
Tél. : (514) 336-3941
Téléc. : (514) 331-3916
general@dimedia.qc.ca

Europe francophone
Librairie du Québec / D.N.M.
30, rue Gay Lussac
75005 Paris
France
Tél. : (1) 43 54 49 02
Téléc. : (1) 43 54 39 15
liquebec@noos.fr

Dépôt légal : B.N.Q. et B.N.C., 3ᵉ trimestre 2005
Imprimé au Canada

© Copyright 2005
Les Éditions Triptyque
2200, rue Marie-Anne Est
Montréal (Québec) H2H 1N1
Tél. et téléc. : (514) 597-1666
Courriel : triptyque@editiontriptyque.com
Site Internet : www.triptyque.qc.ca

Marie Hélène Poitras

La mort de Mignonne
et autres histoires

nouvelles

Triptyque

Aux muses :

Yannick Duguay
Léon Guy Dupuis
Benoit Jutras
Alexandre Laferrière
et Grégory Lemay

« Le cavalier tire sur les rênes à droite ou à gauche, et le cheval tourne. C'est simple. Le mors est lourd et froid. Si on avait ce truc entre les dents, je vous jure qu'on courrait en vitesse. En sentant tirer sur le mors, on saurait que le moment est venu. On saurait qu'on va quelque part. »

Raymond Carver, *La bride*

La mort de Mignonne

À Raymond, dit Alice, pour Alice Cooper

C'est alors qu'on entendait les premiers cris d'oiseaux, quand la nuit va doucement vers le jour, bref c'était peu avant l'arrivée des cochers, avant l'entrée du palefrenier et du travesti déchu qui vient nettoyer les calèches. On entendait les sabots de Mignonne rebondir sur l'asphalte, ses fers claquer sur les bouches d'égout. Elle courait, rue Basin, comme une pouliche folle, dételée. On avait oublié de refermer la porte de son entre-deux ; Mignonne avait passé la nuit à tournoyer nerveusement dans l'allée avant de trouver le baril plein d'une avoine grasse, coupée avec de la mélasse et des électrolytes. Elle s'était servie comme jamais auparavant, avait ouvert très grand la bouche et plongé la tête dans la moulée pour avaler une ration qui allait lui tordre l'estomac. Les autres chevaux piaffaient dans le silence pour souligner l'injustice. Mignonne s'était arrêtée de manger en mordant un rat éclaté, mort dans les céréales d'une overdose de nourriture surprotéinée.

Sans œillères, sa vision s'élargissait d'au moins quarante-cinq degrés. Mignonne pouvait prévoir ce qui frôlerait ses flancs, les branches d'arbres qui lui balayeraient

les reins comme les claquements du fouet, inattendus et humiliants. Sans calèche, la jument se sentait légère comme Pégase et cela l'agitait, elle montait ses genoux très haut dans les airs et retrouvait la grâce des trotteurs, renouait avec son instinct de proie esseulée qui va fuir au moindre craquement. Ses naseaux se dilataient, Mignonne était fébrile et délestée, son pas souple se muait en un petit trot de travail, elle choisissait ses allures et portait la tête vers l'avant, l'encolure complètement déployée. Sous sa crinière fournie presque bleue naissait une légère transpiration.

Pointe-Saint-Charles dormait d'un sommeil de soûlon. Une lumière glauque s'échappait des fenêtres aux carreaux bordés de crasse d'entrepôts à demi abandonnés. Des toiles d'araignées gisaient là depuis toujours, avaient agi comme un velcro puissant sur toutes les impuretés qui voletaient dans l'air : mouches, cristaux de poussières, fils de laine, cheveux, plumes de pigeon, gouttes d'eau. Dans ces lieux, des gardiens de nuit regardaient la télévision. C'était l'heure à laquelle les films pornos ne sont plus diffusés et les émissions matinales pour enfants n'ont pas encore commencé, l'heure où l'on vend des moppes murales, des broyeurs autonettoyants et des couvertures chauffantes : l'heure des objets impossibles qui deviennent indispensables. Personne n'entendit les fers de Mignonne qui allait par ces petites rues défaites, trouées par le dégel.

Elle avançait par à-coups, survoltée, ivre de cet affranchissement, trottinait en évitant les nids-de-poule. Cherchant un coin qui lui rappellerait son appartenance à la nature, Mignonne s'arrêta devant un grand pré vert, une révélation, presque un mirage : la devanture des bureaux de Postes Canada. Elle s'avança en reniflant l'herbe, s'accroupit, pour ensuite se rouler par terre comme le font les chevaux sauvages ou les poulains autour de leur mère. Une fois remise sur ses pattes, la crinière tapissée de fleurs de trèfles, de brindilles et de gazon, elle se mit à dévorer l'herbe fraîche, à avaler autre chose qu'une avoine déjà germée, que de la paille à vingt-cinq cents la balle : la tendresse de cette verdure bien soignée fut comme une caresse au palais. Et Mignonne de brouter ainsi durant une bonne heure avant l'arrivée, enfin, des facteurs et des camions de la poste.

Lorsqu'un homme s'approcha d'elle avec un gros câble jaune, la jument prit la fuite, en perdit les pétales mauves accrochés à ses crins et les paillettes de lilas collées à son épaule. Nous étions début juin et les lilas embaumaient si fort qu'ils donnaient la nausée, surtout à l'aube, avant le premier café.

Au fil de ses années de calèche, la jument avait appris à s'arrêter aux feux et à repartir au bon moment pendant que le cocher s'adressait aux clients. C'était une bête digne de confiance, prudente et avisée. Mais ce matin-là, alors que le ciel indigo tournait au rose – il ferait très chaud, les plus vieux chevaux resteraient à l'écurie –, on put voir un cheval blanc brûler les rouges et louvoyer témérairement d'une voie à l'autre.

Parvenue à la place d'Armes, aux pieds de Chomedey de Maisonneuve figé à jamais dans le bronze, Mignonne but comme on ne laisse jamais boire un cheval. Elle enjamba la fontaine, planta ses quatre sabots dans l'eau et prit de grandes lampées dans le lagon turquoise. Elle but tout son soûl, exactement la dose dont elle avait envie. Des mouettes s'agitaient autour d'elle et de grands oiseaux cyniques riaient des pièces de monnaie lancées dans la fontaine pour des souhaits qui ne se réaliseraient jamais : être mieux dans sa peau, trouver de l'argent, devenir plus désirable, que cette fille revienne, être moins ridicule, mourir bientôt, vivre vieux, être heureux une bonne fois pour toutes, bref toutes ces pensées anxiogènes qui polluent le sommeil des insomniaques comme un manège maudit, effréné, jusqu'à la venue de l'angoisse.

On devinait l'éveil de la ville aux bruits des automobiles et des moulins à café broyant les grains huileux, aux néons des bureaux de change qui s'allumaient en grillant les insectes, aux itinérants qui revenaient de l'Est de la ville pour s'étendre sur les bancs, sous les arbres, aux premiers taxis qui roulaient tranquillement vers les hôtels luxueux, aux fleurs sucrées qui se dilataient comme des sexes féminins. Mignonne allait être repérée, déjà le mot circulait dans les bureaux de *La Presse,* à quelques foulées de là : un cheval libre, tout blanc, s'abreuvait à la fontaine.

Mais la jument, dérangée par ce qui s'éveillait autour d'elle, choisit de fuir. On la vit s'engouffrer dans la circulation, entre les voitures, sur les trottoirs, galoper à toute vitesse dans des rues inconnues, la crinière au vent comme les chevaux de calendrier. Sa vitesse se métamorphosait en panique, en fugue, Mignonne s'échappait, inquiète. Elle émit un hennissement discret à la vue d'une moto qui lui barrait la route, rassembla ses quatre membres et s'élança pour s'envoler par-dessus le véhicule, comme ces sauteurs hollandais et ces *warmblood* que l'on traite en divas.

Entre les putains cambrées de la rue Ontario qui espéraient un dernier client avant de rentrer dormir,

Mignonne gambadait nerveusement et fit sourire – un vrai sourire – Lola, trente-quatre ans, détruite, herpès latent, avortée trois fois, seins mal siliconés et lourds à lui barrer le dos. Sur son visage décomposé, le mascara dessinait des ombres amères mais l'on vit apparaître un éclat de vie, un reste d'émerveillement. Lola n'était pas encore tout à fait morte.

Et Mignonne non plus. Pourtant, la surdose d'avoine qu'elle s'était payée, mêlée à l'eau chlorée avalée trop rapidement, commençait à ralentir sa course. Arrivée au boulevard Pie-IX, elle descendit la côte à la recherche d'un lieu désert. Elle avança vers le sud, vers le silence. Non loin de là, une vieille voie ferrée faisait comme une cicatrice dans l'herbe asséchée. Après les champs qui pourrissaient dans l'oubli, le fleuve étendait son bras. Des baraques désaffectées piquaient le paysage, montraient leurs carreaux éclatés comme des dents cassées ; l'endroit était carié. On venait sans doute y régler des comptes, brûler les désobéissants, balancer les chiens morts et les vieux sofas tachés d'urine. Le lieu parfait pour se convaincre de la vacuité du monde juste avant une overdose, un de ces terrains vagues où l'on fait rouiller du métal pendant des décennies, jusqu'à ce qu'il se métamorphose en une poudre rousse pareille à de l'héroïne, à du sucre de canne biologique, à de la moisissure séchée au soleil. Et que cette poussière roule jusque dans le fleuve et se mêle au plancton en suspension dans l'eau douce. Non loin de là, un terrain de baseball abandonné, tapissé d'herbes longues et de fleurs de thé. Lasse, Mignonne s'écroula sur son flanc droit près du premier but.

Chaque cheval qui tombe est un petit drame dans l'univers, un tremblement de terre invisible équivalent à la coupe d'un arbre, à la naissance d'un éléphant, à la fonte d'un iceberg. L'estomac noué, Mignonne souffrit doucement au soleil dans l'attente de la fin. Ses longs cils, ses yeux couverts d'une humeur aqueuse, sa queue argentée qui ne chasserait plus les mouches et, finalement, ce nuage rose expulsé par ses narines en demi-lunes, ce dernier souffle qui fit s'envoler un pissenlit sur le pollen des fleurs.

Plus tard on retrouverait Mignonne. On étendrait alors une couverture par-dessus son cadavre, une de ces couvertures qui ne réussissent jamais vraiment à recouvrir tout le corps de l'animal. On verrait dépasser quatre sabots.

Ce détail, précisément, ferait pleurer les cochers.

La beauté de Gemma

Dès qu'il la vit émerger d'entre les cuisses de sa mère, le médecin de campagne crut à tort Gemma James trisomique. Les forceps avaient écrasé ses fontanelles d'une curieuse façon, mais ce qui l'avait surtout inquiété, c'était l'ovale de ses yeux et le vaste interlude entre ceux-ci. « Pas le plus beau bébé que j'aie vu naître », se dit-il en se promettant de la suivre de près, sans rien dire à madame James pour l'instant ; il était encore un peu tôt pour juger de son cas. L'horloge grand-père sonnait quatre heures du matin lorsque le bébé sut trouver le sein de sa mère. Non loin de là, dans la ferme familiale, les vaches desserrèrent enfin les fesses et s'endormirent une petite heure avant la traite.

En ce matin blême de mai, à la fin des années 1980, dans un village de la Saskatchewan situé tout près de la frontière avec l'Alberta, Gemma James venait de faire son entrée dans le monde.

*

Passant des jupes de sa mère, où elle aimait se blottir, à la compagnie de ses sept frères aînés et de son père qui l'adorait, elle grandissait à vue d'œil, devenait trop grande pour son âge. Ses cheveux avaient migré du châtain clair au roux. Elle avait aussi cette moue qui alourdissait sa lèvre inférieure. Une délicate grêle de taches de rousseur s'était déposée sur son nez, si bien que lorsque le médecin de famille la vit de nouveau, il se dit en lui-même : « Parfois la nature s'acharne. » De fait, ses frères l'avaient baptisée *Fish Face*, ce qui ne dérangeait nullement Gemma parce qu'elle trouvait les poissons magnifiques, les prenait dans l'étang sans filet ni ligne, avec la main, comme savent le faire les ours. Ils glissaient dans sa paume et elle leur flattait l'abdomen jusqu'à ce qu'ils aient l'air de vouloir mourir. Alors elle les déposait dans l'eau. Étourdis, ils viraient une ou deux fois à l'envers puis s'éloignaient en battant de la queue pour regagner le centre mousseux de la source.

Elle observait les écailles de leur peau – des bijoux, ces paillettes – miroiter dans l'éclat du soleil, et elle aimait ce qu'elle voyait. La lumière venait s'effondrer dans l'eau et, à contre-jour, Gemma y contemplait son ombre qui ondulait avec la brise. Puis sa mère l'appelait pour manger et la serrait très fort dans ses bras avant de lui dire d'aller laver ses mains poisseuses.

Constatant que l'eau attirait sa fille, Robbie James, son père, suggéra qu'on l'inscrive à un cours de natation. Ses sept fils joueurs de hockey étaient des athlètes accomplis, remarqués dans les ligues mineures, et sa fille, avec ses longs membres graciles et cette énergie fiévreuse déployée à courir dans les champs, à zigzaguer entre les structures métalliques des pompes à gaz rouillées avant d'aller se jeter dans l'herbe, manifestait déjà un grand besoin de dépense physique. Bien qu'elle se rendît à son premier cours avec toute la bonne volonté du monde, Gemma détesta que l'eau soit si claire et qu'on n'y puisse rien trouver de vivant, qu'on n'y puisse rien trouver excepté quelques anneaux rouges lancés au hasard. Elle aurait voulu découvrir une bague et la rapporter à son père qui l'observait dans les gradins en pressentant que quelque chose n'allait pas. Mais tout ce qu'elle réussit à dénicher, en enfonçant sa main dans le filtreur, fut une boule de cheveux et un pince-nez. Sans compter que les choses avaient commencé tout de travers. En effet, dès le début du cours, Gemma s'était élancée dans l'eau sans attendre, avait couru puis sauté dans la piscine avant même que la maître nageuse n'ait dicté les règles de sécurité et ne se soit présentée. Elle s'était fait avertir par le sauveteur, avait eu très honte, une honte comparable à celle qu'elle éprouvait lorsqu'elle pensait à sa taille, démesurée bien qu'elle fût la plus jeune du groupe, et qui lui donnait l'air un peu attardé.

Dans les rêves de Gemma, une eau trouble serait toujours associée au plaisir et à l'émerveillement, à de nouveaux possibles, tandis que les piscines vides domineraient ses cauchemars et lui parleraient de sa peur du vide et du dévoilement, de la violation de l'intime. Même si elle n'avait rien à cacher, et qu'on pouvait la lire tout entière en regardant au fond de ses grands yeux jaunes écarquillés.

*

À douze ans, Gemma s'endormait encore le soir en abandonnant sa tête dans la main de son père, qu'elle dépassait presque en hauteur. Le médecin de famille, pour qui Gemma représentait une énigme depuis le début, entama quelques recherches sur les dérèglements de la thyroïde. Bien sûr, à l'école, on ne manquait pas d'affubler Gemma de tous les surnoms imaginables, des noms qui raillaient sa grandeur, se moquant de ses yeux de poisson, de sa rousseur, de son prénom d'aïeule, de ses traits atypiques et de ce front équivoque auxquels s'ajoutaient un port de tête qui pouvait paraître hautain. On la traita de snob, puisque Gemma ne manifestait ni l'envie de se mêler aux autres ni le désir de leur compagnie. Elle notait des petites choses dans un calepin et semblait retirée du monde. Un jour, elle cracha au visage d'un garçon qui avait voulu faire claquer la bande élastique de son soutien-gorge et, constatant qu'elle n'en portait pas, l'avait traitée de planche à repasser.

Comme elle savait se défendre, on finit par la laisser tranquille et on feignit d'ignorer sa présence.

Mais ne pas voir Gemma James était impossible.

*

Repérer ce genre de fille était précisément le métier d'Angie Goldenblatt, ancienne mannequin reconvertie dans le *scouting*, tête chercheuse de nouveaux visages. Angie arpentait les petites villes canadiennes et celles d'Europe de l'Est, elle avait l'œil et savait d'instinct que les perles ne se cachent pas dans les *books* des agences mais plutôt dans les campagnes, en dehors des banlieues et des villes, au cœur d'une misère si prenante que personne autour de ces filles ne perçoit la luminosité qui jaillit des pores de leur peau, que personne n'est en mesure d'apprécier les angles imprévisibles qui dessinent leur profil, ces traits uniques qui les ont toujours gênées, pauvres sirènes cheminant en périphérie de la vie. Angie se sentait comme la marraine de Cendrillon. Elle voulait faire une heureuse, élire, de sa baguette magique, le nouveau visage de Ralph Lauren, Prada ou Chanel, traîner une petite villageoise jusqu'aux appartements new-yorkais et lui offrir une vie, un peu de luxe, lui faire goûter les enivrements mondains, lui faire voir comment on monnaie sa beauté.

Ce jour-là, Gemma avait ses premières règles. Sa mère l'avait invitée chez Tim Hortons. Ensuite elles iraient chez Sears acheter des soutiens-gorge et autres « affaires de filles ».

— Comme quoi, maman ?

— Des tampons, des petites culottes de demoiselle et non plus celles que tu portes depuis toujours, avec les noms des jours de la semaine inscrits sur le devant, ma chérie. On pourrait aussi t'acheter un *gloss* si tu en as envie, du *blush*, un joli sac à main, des rasoirs, je te montrerai comment les utiliser, il y en a des mauves, des roses, des turquoise, tu verras…

— Mais j'ai pas envie de montrer mes jambes, alors pourquoi je perdrais mon temps à les raser ?

Dans la salle de bains, elle avait failli s'évanouir à la vue de ces interminables traînées de sang qui s'écoulait comme des algues entre ses jambes. Elle s'était agrippée au lavabo pour ne pas tomber ou se noyer dans la cuvette, disparaître par le trou. Elle avait vu des étoiles, avait senti son crâne s'alourdir et s'était retenue de vomir, parce que ça sentait le métal, la rouille et la moiteur. Elle l'écrirait dans ce carnet qui lui servait à noter ce qu'elle croyait être la seule à percevoir. Les premières pages étaient consacrées à un dessin détaillé des intérieurs d'une truite que l'on évide, une page pour chaque organe. Plus loin, un portrait de son père plus ou moins ressemblant à cause des proportions qui n'étaient pas tout à fait justes. Puis une reproduction, au poil près, de la rosette qui faisait comme un petit tourbillon dans l'encolure de Pearl, la vieille jument de sa mère qu'elle montait l'été, traversant les bois pour revenir embellie comme une fée. « *I love mom* », sur la page suivante, un cœur percé d'une flèche. Gemma collait des plantes et des arêtes de poisson dans ce calepin qu'elle glissait sous son oreiller la nuit.

Lorsque Gemma sortit des toilettes, les yeux creux, un peu blême, Angie crut avoir une vision. Même sous les néons hurlants du Tim Horton's, sa beauté jaillissait comme une lumière et déversait son éclat dans la pièce. Cette grâce naturelle dans la démarche, cette noblesse et cette nuque de cygne…

Angie essuya une larme et avança vers Gemma.

Le *shooting* eut lieu sur la ferme familiale, avec l'appareil numérique d'Angie. Elle avait maquillé Gemma très légèrement d'un peu de poudre compacte et d'illuminateur de teint, « pour ne pas que ton nez brille, ma jolie ». Robbie James avait douché sa plus belle taure et Gemma était montée sur son dos, sans même se changer à la demande d'Angie, vêtue de ses vêtements salis par ses galopades à travers les champs, déchirés en quelques endroits, blanc cassé, et ce cœur de jade au bout d'une chaînette qu'elle portait au cou. Angie lui inventa un personnage d'enfant sauvage et ténébreuse au faîte de sa féminité de nymphe – ce qui n'était pas un rôle, mais la réalité. Ainsi perchée sur la taure de son père, Gemma laissait pendre ses jambes dont on pouvait apprécier la longueur. Angie croqua aussi son visage de près, en gros plan, pour qu'à l'agence on puisse bien voir le mystère de sa bouche, ses yeux ocre et micacés, la sagesse de son front. Quelque chose de mystique et de très ancien composait son aura de modèle. Pietro ordonna qu'on la fasse venir à New York sans attendre.

Gemma n'avait pas eu à sourire une seule fois et trouvait cela étrange. C'est sur cette pensée qu'elle s'endormit dans le jet privé d'Angie.

*

À New York, elle put s'installer dans un grand loft avec six autres mannequins, les appartements d'Angie à la porte voisine. Les filles ne la saluèrent pas. Gemma sentit immédiatement toutes sortes de tensions flotter dans l'air et frissonna lorsque l'une des mannequins siffla dans son dos comme une couleuvre. Sur la table de chevet, elle installa trois photos encadrées : ses parents sur l'une, ses sept frères sur l'autre, dans leurs habits de joueurs de hockey, et un grand champ occupé par des vaches qui broutent sur la troisième. Elle sentit la nécessité de verrouiller son carnet intime.

On trouva très vite des contrats à Gemma, si bien que trois jours plus tard elle ouvrit le défilé de Lagerfeld et que tous – journalistes, paparazzis, designers – voulurent savoir qui était cette mystérieuse lolita qui semblait enfermer leur futilité sous le cadenas de ses paupières. Cette enfant avait une âme vieille.

Gemma avait aimé l'effervescence du champagne, qui lui donnait encore plus de légèreté dans la démarche, et la douceur des soies qui épousaient son corps. Dans l'édition week-end du *New York Times*, on annonça la fin du règne des tops pulpeuses et l'arrivée de médusantes femmes-poissons, des bébés crocodiles, à quelques jours des plus importants défilés de haute couture. Il était question de leur plastique éthérée, de leur présence irréelle et de leur beauté presque effrayante, de visages singuliers qui traînaient avec eux un je-ne-sais-quoi de romantique et de racé. Il y eut même un encadré présentant Gemma, l'« extraordinaire Canadienne, née dans un village perdu sur la ferme familiale. Cette fleur sauvage n'a pas quatorze ans et fait déjà des ravages sur le *catwalk*. À New York, on se l'arrache. " La première fois que je l'ai vue, j'en ai eu le souffle coupé ", avoue Angie Rosenblatt, responsable du recrutement pour IMJ. »

Quand Gemma voulut retourner se balader dans Central Park pour observer les otaries qui lui rappelaient ses vaches, une quarantaine de paparazzis surgirent des buissons pour la prendre en photo. Aveuglée par le crépitement des flashs, elle mit du temps à comprendre ce qui lui arrivait et fut frappée à la tempe par un de leurs appareils en tentant de fuir.

Elle rentra en pleurant et les autres filles, qui avaient espionné toute la scène par la baie vitrée, eurent des rires machiavéliques qui se firent entendre comme autant de souhaits de mauvais augure. Elle se rendit à la porte d'Angie, occupée au téléphone, qui interrompit à demi sa conversation pour lui dire de se ressaisir un peu, et en profita pour lui faire remarquer qu'elle avait quelques kilos à perdre avant les prochains défilés si elle voulait éviter qu'on la surnomme « *The Hips* ».

Gemma se sentit traquée, aussi désemparée que ce renard piégé qu'elle avait vu mourir un jour triste de pluie dans la forêt. Ce soir-là, dans son calepin, elle nota tous les animaux sauvages qu'elle avait vus expirer : cette portée de lapins blancs abandonnés dans la neige, six boules d'ouate, un étourneau qui s'était retrouvé l'aile prise à la surface du lac gelé et qui était mort en ouvrant le bec après se l'être arrachée – Gemma aurait aimé savoir si c'était de douleur ou de froid –, ce chevreuil que son père avait tué avec un arc puissant, elle était à ses côtés et, lorsqu'il avait vu son trouble, il lui avait fait boire une gorgée de whisky.

Le lendemain, il fallut accompagner Angie pour les essayages ; ensuite on lui posa des cheveux qui tombaient dans son dos jusqu'à ses reins. C'était lourd et agréable, ça balayait les omoplates et chatouillait un peu. Puis elles durent se rendre chez Fendi. Tous réagissaient favorablement à la présence de Gemma, la qualifiaient de « *absolutely fabulous* », de « *isn't she amazing* », et ne savaient plus comment s'adresser à elle une fois les banalités d'usage échangées, car elle les gênait avec son regard franc, semblait les toiser sous une lumière crue. Angie adorait avoir Gemma à son flanc, faisait mine de ne pas voir les paparazzis qui les croquaient tout au long de leurs courses. « *Gemma James and Angie Rosenblatt shopping before the* défilé », c'est ce qu'on lirait dans *In Style* et *Vogue*, on les verrait décontractées, un latté Starbucks à la main. Ça ferait mousser la popularité de la fille. Un vieux truc.

Chez Fendi, pendant qu'Angie jasait en italien, Gemma se rendit devant l'aquarium de poissons tropicaux où des Picasso et des anges cohabitaient mal : l'eau était trop alcaline et les poissons semblaient affectés par la puissance du filtreur. Ils étaient affaiblis, comme elle qui n'avalait plus que des demi-bâtonnets de gomme et des coupe-faim. Et lorsqu'elle se tourna vers un des vendeurs de sacs à main pour lui dire que les poissons se mouraient, qu'ils nageaient en angle parce qu'ils agonisaient, elle perdit connaissance.

On lui donna quelques feuilles de laitue et un peu de yogourt afin qu'elle reprenne des forces.

*

Vêtue d'une robe de plumes, Gemma ouvrit les défilés de haute couture. On ne prit même pas la peine de lui apprendre à marcher parce que sa démarche était déjà empreinte de grâce et d'androgynie. Il émanait d'elle quelque chose de personnel et de très beau, on aurait dit une walkyrie qui se serait rendue visible aux yeux des mortels, une sorte de fée neutre, ni bonne ni chaotique. Les flashs des appareils cliquetaient en une véritable fusillade de lumières, et Gemma eut une brève pensée pour les perséides d'août. Le vin blanc qu'on lui avait servi l'avait juste assez enivrée pour qu'elle retrouve cette euphorie qui naissait dans sa nuque. Elle avançait sans sourire, lookée, incandescente. On avait enduit ses lèvres d'une fine poudre violette, en débordant un peu de la ligne, pour accentuer son côté sauvage et ajouter une touche fatale. Le coiffeur avait agrafé ses cheveux à l'arrière du postiche dans le but d'étirer encore davantage ses yeux et d'accentuer l'illusion d'irréalité.

À la dernière minute, le designer demanda à être accompagné par Gemma pour les salutations finales. Elle tenait un oiseau du paradis et portait une jupe en popeline qui excitait ses sens en frôlant ses muscles. Angie pleurait de joie et déjà, en coulisse, des jalousies naissaient. Les robes tombaient par terre et le mousseux coulait à flots dans les verres de cristal. Dans la salle de bains, plusieurs épongeaient les dernières miettes de cocaïne sur leurs gencives. Il fut question d'aller prendre un verre en ville.

À son retour au grand loft de l'avenue Park, Gemma poussa la porte de sa chambre et vit ce qu'elle avait toujours craint : les pages de son carnet étalées partout, certaines déchiquetées, et celle sur laquelle elle avait noté qu'elle s'ennuyait de Billy, un des ses frères, percée d'une épingle à cheveux. Tout en lisant les inscriptions au rouge à lèvres sur le miroir – des trucs méchants du genre « Go back to the farm », « Fat ass », « Piggy » et « Stop eating » –, elle les aperçut, la toisant, se payer sa tête.

Elle se sentit saigner.

Et à ce moment-là, très exactement, elle choisit de redevenir laide.

*

Avant de partir, elle voulut tout de même avertir Angie pour ne pas qu'elle s'inquiète de sa disparition. En quittant l'appartement dans le noir, sans même s'en

rendre compte, elle marcha sur l'une des pages du calepin où elle avait dessiné les bagues d'Angie : un jonc
marocain buriné, un anneau serti d'une pierre verte fluorescente, et une dernière à la main gauche, plus rustique
mais dans laquelle on pouvait cacher quelque chose de
très léger ou de friable.

— Qu'est-ce que vous y avez mis, Angie ? avait demandé Gemma.

— Les cendres de mon yorkshire Caroline, tuée par
des vers au cœur. L'agonie fut terrible, avait frissonné
Angie.

Gemma glissa sans faire de bruit dans le corridor. Ses
colocataires étaient déjà à la fenêtre pour savoir où elle
irait. Comme Angie ne venait pas ouvrir, elle entra. La
pièce principale baignait dans une lumière crémeuse et
diffuse. Sur la table d'ébène, des candélabres imposants
comme des torches dans la forêt et une bouteille de vin
alsacien entamée. Elle l'entendit rire et avança vers sa
voix. Elle poussa la porte du bout des doigts, qui s'ouvrit
sur la croupe d'Angie et les jambes écartées de Camelia,
l'une de ses colocataires. Les lèvres ruisselantes de cyprine,
Angie se tourna vers Gemma pour l'inviter à se joindre
à elles. On voyait clairement la vulve rasée de Camelia
et son trou béant jusqu'à l'infini. Fanny aussi était là,
avachie dans le fauteuil victorien, fumant un cigarillo, la
poitrine libérée, révélant deux mamelons bourgeonnants
sur un torse blême. Gemma annonça qu'elle s'en allait.

En repassant par la salle de séjour, elle vit quelque
chose bouger par terre. Elle contourna la table et les aperçut tous trois, Jean-Paul, Karl et Coco, qui ondulaient et
semblaient survoltés. Elle approcha le chandelier pour

observer les chats siamois d'Angie. Ils avaient traîné une tranche de stilton sur le tapis persan et dévoraient le bleu en geignant.

Elle n'attendit qu'une heure avant que son train ne quitte Grand Central Station. Tout au long du trajet, elle contempla la nuit se renverser dans le jour, sans chercher à dessiner le ciel dans son calepin pillé, auquel il ne restait plus qu'une dizaine de pages vierges. Elle aimait ce qu'elle regardait, comme elle pouvait adorer les étangs sales et les nids d'insectes. Il y aurait quelques haltes et des changements de train, le voyage serait long. Elle arriverait chez elle le lendemain au tournant de l'aube. Elle attendrait que le jour se lève avant d'aller rejoindre sa mère.

Gemma irait patienter dans la forêt, ferait éclater entre ses dents les grains des mûres – gonflées comme le bout d'un petit doigt – et laisserait pisser le lait des vaches sur sa langue.

Jusqu'à ce que le coq pousse son premier cri.

C'était salement romantique

à toi, cher

Je m'étais réveillée ce matin-là les lèvres gluantes de sang puisqu'ici la pollution est si aiguë que mon nez giclait à la moindre émotion et que j'étais justement en train de rêver de toi – tu imagines le déluge –, pollution à laquelle s'ajoutait un smog mauve si opaque que l'on n'arrivait plus à apercevoir le vendeur de mangues et son chien pareil à un coyote maigre, couché en boule le museau sous les pattes dans une boîte oubliée, ni les coccinelles vertes, taxis de Mexico dans lesquels tu m'avais fait jurer de ne me déplacer sous aucun prétexte. D'ailleurs, tu m'aurais demandé n'importe quoi et je l'aurais fait : baiser ta silhouette ondulante, mettre tes cils fournis comme ceux d'une fille maquillée sur ma langue, déchirer ton chandail, ronger tes bas de pantalon, te mettre trois doigts dans l'anus, embrasser ton ex, est-ce que je sais, en tout cas je l'aurais fait, j'aurais tout fait, le drame étant que tu ne me demandais rien, si ce n'est de ne pas monter dans les coccinelles vertes de Mexico. J'avais adoré que tu sois paternaliste avec moi, t'imaginant te faire du sang de cochon à force de t'inquiéter pour moi, ce qui ne devait pas être le cas en définitive, je ne le savais que trop, raison pour laquelle je me mettais à pleurnicher dès qu'un mariachi modulait une note pleine de lézards frémissants et prononçait les mots *amor perdido* ou encore *angel obscuro* d'une voix riche et brisée, issue, aurait-on dit, du croisement de celles d'un chanteur d'opéra et d'un évadé de prison.

Heille ! mon cœur, dis-moi, est-ce que je t'ai raconté qu'en août 1870 à Sacramento, en Californie, un déluge de lézards d'eau mesurant entre cinq et vingt centimètres était tombé sur le toit d'un théâtre ? Que durant un orage à Paderborn, en Allemagne, un petit nuage jaune avait déversé une bruyante pluie de moules sur un chemin de pierres ? Que des centaines de poissons-chats atterrirent dans un champ de coton en Caroline du Sud en 1901 ? Que les étoiles éjaculent, que je ne suis pas née au bon siècle ni du bon sexe, et que je m'étais rendue, la veille, au musée Aunque no lo creo*, dédié à ce qui ne se peut pas mais se produit quand même à cause de la grâce, et que j'avais pris la résolution d'être touchée par elle pour ensuite foncer droit sur toi, est-ce que je te l'ai dit ? Deux jours à Mexico et déjà je n'en pouvais plus, t'en souhaitais autant, ressentais l'appel du nord, et soupirais dans les autobus touristiques parce que les écarts de pression atmosphérique me faisaient revivre toutes les peines d'amour de ma vie en même temps, écarts auxquels il fallait ajouter les facteurs insomnie et décalage horaire (une grosse heure anéantie dans un rayon de soleil). Je m'étais réfugiée ici en espérant te manquer, me rapprocher de toi par un détour astucieux et en même temps un peu *cheap*, dans le fantasme que ta belle pensée alerte bute contre le souvenir de ma personne, que ta mémoire me transforme en ton idéal et que tu en souffres,

---

* Même si vous ne le croyez pas.

car j'étais ici pour un mois et ne t'accompagnais plus dans les bars et les cinémas.

Je venais de commander du café et un peu de *pan dulce* à la réception de l'hôtel. J'ai allumé la télévision, dans l'espoir de tomber sur une *telenovela* dégoulinante, sirupeuse, qui me ferait croire, en comparaison, que mon cas n'était pas aussi risible qu'il n'y paraît et qu'au moins mon ego se tenait encore en un seul morceau pareil à un muscle, du genre cœur de bœuf encore palpitant sur le comptoir de l'abattoir. Mais il y avait au programme quelque chose d'aussi excessif : un combat de coqs. Cher, as-tu déjà vu ça ? Au début, je regardais à moitié, je croyais que c'était un dessin animé, *Road Runner*, en tout cas des volatiles qui se picossaient, ne se lâchaient pas, ne s'accordaient aucun répit, puis, en m'y attardant un peu, j'ai vu dans les yeux des spectateurs la même lueur que dans ceux de l'homme qu'on avait observé le jour où je t'ai traîné jusqu'à l'hippodrome Blue Bonnets, pas ton truc, mais en tout cas ils avaient le même regard que cet homme qui avait parié 10 000 $ sur Poulichon Angus, tu te souviens ?, des yeux fous mais en même temps très zen, virés dans l'instant, ça, on ne pouvait lui reprocher de penser à autre chose, ses paupières clignotantes qu'il s'efforçait de garder ouvertes parce que des fois, quand on ferme les yeux plus d'une seconde, il se passe quelque chose. Par exemple, une nuit, je marchais dans le parc Lafontaine et les lampadaires s'étaient éteints au moment où je regardais à l'intérieur de moi et, en rouvrant les yeux, j'avais eu l'impression foudroyante d'être entrée dans l'envers du monde, parmi les zombis ou les âmes comblées. Ou bien je ne sais pas, tu fermes les yeux et quelqu'un est en train de tomber amoureux de toi, tu ne t'en rends même pas compte (je dis « tu » à titre démonstratif, pour impliquer mon destinataire, t'inquiète pas, Craig, je ne parlais pas de toi, ceci n'est pas une lettre d'amour mais plutôt une enveloppe pleine de photos de nous deux).

J'ai d'abord mis un peu de mascara, siroté mon café suret et nettoyé le sang croûté au bout de mon nez. J'avais l'air d'un clown. Tu aurais ri, à cause de ma façon de prononcer « clown » avec mon accent de l'Outaouais, comme lorsque je dis « c'est *sharp* » ou « *gross* », et l'eau du robinet qui gouttait sans arrêt me rappelait qu'il y avait longtemps que je n'avais pas pleuré. À la télé, le petit poulet hystérique ne pigeait rien au cirque qui le mettait en scène et en mangeait toute une, se mourait en gloussant dans le sable blond de l'arène, son sang s'y mêlait, dessinait une écume pourpre dans la poussière et des petites bulles de la vie qui fuit, ce coq allait mourir juste après sa dignité, les lames de rasoir encore attachées aux griffes (met-on les coquelets de combat dans les *enchiladas* lorsqu'ils perdent ?), mais si je sanglotais comme ça devant le miroir, c'était surtout en réaction à la sécheresse de cette ville la plus dense et polluée au monde, pour protester contre les nuages violets qui me cachaient la montagne et les bidonvilles, à cause de la goutte du lavabo qui n'arrêtait plus, elle non plus, en tout cas c'est tout ça qui faisait que je cogitais de plus en plus vite, et parce que je ne pouvais me permettre une crise de tristesse dans une chambre d'hôtel de Mexico – trop massacrant –, que j'avais un bus à prendre qui m'emmènerait loin des combats de coqs, là où des humains neutres et fabuleux n'exigeraient rien de moi, ne me déroberaient rien ni ne me pourriraient l'âme comme tu l'as fait : au musée de cire – et ne ris pas.

Jamais tu n'aurais accepté de faire une chose pareille, aussi salement romantique, j'en suis certaine, tu aurais été carré et catégorique ou te serais sauvé en courant : à l'entrée du musée, deux amoureux qui se tenaient main dans la main se les laissaient « cirer », ils avaient retiré leur jonc de fiançailles et moulaient leur amour, faisaient enrober leurs mains jointes comme une pomme-caramel dans une foire, t'aurais flippé mon amour, tu te serais fâché. Je les ai observés jusqu'au bout, jusqu'à ce que la cire ait fini de sécher. Je me demandais lequel des deux allait penser le premier à remettre sa bague (la fille), qui traînerait les mains jointes (le gars), combien ils payeraient pour un truc aussi morbide en fin de compte (tu laisses pas ça dans un coffre de voiture, ça ferait peur à ta mère). La sculptrice achevait d'immortaliser la romance à l'aide d'un séchoir, avec un air impassible de fille qui moule toujours la même chose, des mains à longueur de journée, la cire jaunâtre autour des doigts, figée sur des poignets, par-dessus des paumes liées et, cher, j'ai alors demandé à cette fille, dans mon espagnol le moins disloqué possible, si elle avait un chum (oui) et si quelqu'un avait déjà moulé leurs mains (non).

Je suis entrée au musée, et c'est pas pour être méchante mais je détaillais les statues et on aurait dit la *dump* d'un cours de sculpture pour débutants : Tom Cruise avait l'air de jouer dans *Revenge of the Nerds*, Antonio Banderas d'un nain déguisé en lui-même, Salma Hayek d'une jument disproportionnée genre croisement malheureux entre une mule et un mustang, sans parler de

Brigitte Bardot, installée sur le grabat d'une chambre d'hôtel miteux, les seins à l'air, deux obus condamnés sous la peau.

Venir ici sans toi, c'était comme finir par faire l'amour avec quelqu'un d'autre, par défaut, car mettre une croix sur toi n'est pas sexuellement ni sentimentalement viable. Il aurait fallu un océan étalé entre nous deux pour que je finisse par comprendre que ma main ne pouvait rejoindre la tienne, il aurait fallu que j'aille vers l'est ou l'ouest, pas au sud, il aurait fallu des heures avalées entre toi et moi, copiées-collées entre nos deux vies, pour que je comprenne combien tu étais loin de moi dans le temps comme dans l'espace. Sur le chemin qui menait au musée, je suis passée par un marché qui craquait sous la densité des choses entassées. J'ai acheté des noix, des bananes, une lime, du mescal et des épices, j'ai voulu caresser un petit chien vorace qui, finalement, m'a mordue jusqu'au sang, m'a fait un trou dans la main, et dans une autre allée je suis tombée sur la section oiseaux, où quand je dis qu'il y en avait, c'était pas deux ou trois *lovebirds* au fond d'une animalerie, non, c'était quelque chose comme une centaine dans un stand d'à peu près cinq mètres carrés, ça piaillait, mon cœur, c'en était étourdissant, et puis cette odeur suffocante de craie mouillée, de peau brûlée, de fiente… Te souviens-tu quand, dans un bazar rue Ontario, je m'étais acheté des bottes de salope indigo décorées de perles noires sur le montant de la cheville, et que tu avais trouvé une ceinture à 25 cennes, qu'on s'était fait tirer les cartes par une femme qui tricotait des bas de laine et des pantoufles en Phentex, tu te rappelles, on avait vu une petite annonce sur le babillard, quelqu'un avait rédigé d'une main tremblotante, d'une écriture penchée de personne élevée à la classique mais aujourd'hui un peu fatiguée par la vie, ceci qui nous avait émus : « Je cherche oiseau gratis. Je aime les oiseaux » ?

Souhaitons ardemment que je ne sois pas condamnée à me masturber en pensant à toi chaque soir jusqu'à la fin des temps, prie avec moi, tu veux bien ? Et si je digresse comme ça constamment et perds le fil à tout bout de champ, c'est en lien direct avec le fantasme de ton corps fluide, à cause de tes cheveux qui sentent les arbres, sans oublier ta démarche désinvolte de matou de ruelle, de gars qui ne se retourne pas après le dernier baiser. Je n'ai jamais compris exactement comment tu t'y étais pris pour charmer les trois quarts des Montréalais âgés de dix-huit à quarante ans, gay, bis ou hétéros, probablement parce que tu n'as pas besoin d'eux, qu'ils le sentent, que tu ne demandes rien à personne et n'attends rien des autres. Tu utilises le verbe aimer d'une curieuse façon, à l'impératif, deuxième personne du singulier, tu ne veux pas dire « je t'aime » et encore moins qu'on te le dise. « Aime », dis-tu comme Jésus-Christ l'a voulu bien avant toi.

Tu t'exprimes comme un mystique sexy. Vois dans quel état ça me met.

Au musée de cire, il y a un sous-sol, réservé aux dix-huit ans et plus. Ai-je précisé qu'il n'y avait personne d'autre que moi ce mardi avant-midi-là. Le rideau noir qui mène à l'étage des horreurs était surveillé par un gardien que j'avais d'abord pris pour un mannequin de cire, si bien que lorsqu'il s'est animé pour me demander mon âge, j'ai eu si peur que j'ai failli briser Kylie Minogue en empoignant la première chose qui me passait sous la main. Tsé, Craig, j'ai vingt-huit ans et on me carte encore ; c'est peut-être qu'il y a trop de naïveté dans mon regard de touriste. Aussi, je crois que tu devrais en profiter un peu, ne pas bouder ton plaisir, te ruer sur ma chair fraîche de « Gaspésienne racée », comme tu l'as dit un jour.

À l'étage, je m'attendais à rencontrer Frankenstein, un vampire, une femme brûlée vive pour sorcellerie, des politiciens, je sais pas trop, en tout cas pas à ça, pas à la reconstitution d'un sacrifice humain au bord d'une falaise. Elle : vierge décédée allongée sur un lit de grès, le thorax déchiqueté jusqu'au sternum, sa robe blanche tachée soulevée par un vent humide, les pieds affaissés, féminine même dans la mort, la poitrine discrète mais bourgeonnante, une chevelure sombre entassée sous les omoplates et un collier d'obsidienne vissé au cou.

Lui : le visage tourné vers les dieux implorant le Soleil ou la Pluie, les traits durcis et les pommettes en trapèze, pétrifié dans une position de don, le cœur de la vierge encore fumant dans une main et, dans l'autre, un outil tranchant en forme de pic.

J'ai dit : Craig, enlève ce costume ridicule.

J'ai dit : Craig, je te croyais à Montréal !

J'ai dit : Craig, l'Halloween, c'était il y a un mois.

Et, finalement : Rends-moi mon cœur, cher !

Grunge

Tu portais encore tes vieux chandails Exploited, juste pour écœurer ta mère, aurait-on dit ; en fait, ce qui la dérangeait n'était pas tant l'imprimé du crâne coiffé d'un mohawk que l'encre qui s'écaillait d'un lavage à l'autre. C'était l'hiver, sur la Rive-Sud, l'ennui des jours cassants à force de soleil, tu m'emmenais sur la rivière à demi gelée pour que j'aie peur que nous sombrions ensemble, et j'avais raison d'avoir peur. Tu étais plus vieux que tout le monde, il y avait une fiole de Jack Daniel's dans ta poche intérieure, tu nous faisais faire toutes sortes de niaiseries autour de la polyvalente sur l'heure du midi, tu avais dix-huit ans et pas nous, un jour peut-être finirais-tu ton secondaire 5. Pour faire quoi ?

Nirvana : on inscrivait ce mot partout, à l'exacto sur les pupitres des cours de physique, en grosses lettres à l'aérosol sur le béton exaspérant de la poly, au marqueur noir dans les toilettes du centre commercial, sur nos sacs d'armée, au Liquid Paper sur les coffres à crayons au milieu des signes de peace et d'anarchie, et, pour plusieurs, en plus de faire l'amour pour la première fois et d'entrer dans un bar, découvrir Nirvana avait été la principale obsession des derniers mois.

Les vacances du temps des Fêtes approchaient et tes parents étaient allés passer quelques semaines à Wildwood, te laissant l'entière responsabilité de la maison. Nous étions une dizaine, renfrognés, drogués, mal dans notre peau, étendus dans le sous-sol tout près de l'âtre, et nous visionnions les pornos de ton père et autres vidéos de fêtes de famille de quand tu étais petit, souriant, stimulé, chevauchant ton cheval à bascule avec ta salopette et ton masque de vilain. En plus de savoir gratter une guitare, tu pouvais faire du feu, ou verser quelques gouttes de cire brûlante dans ta paume sans sourciller. De temps en temps, on décongelait une des tourtières maison qui gisaient dans le congélateur à côté des dindes Butterball et des petits fruits. Personne ne savait cuisiner, alors tu plongeais un doigt au milieu de la tourtière pour savoir si c'était prêt. Il y avait plusieurs sacs de chips au ketchup dans le garde-manger, des After Eight et du Kool-Aid auquel on mélangeait de la vodka ou du brandy, ce qu'on trouvait dans le bar de tes parents, qui ne buvaient pas souvent si l'on se fiait à la petite poudre de sucre qui voletait quand nous dévissions les bouchons. Catherine et toi, vous aviez inventé un concours dont le gagnant serait celui qui tiendrait le plus longtemps sans se laver les cheveux. J'avais parié sur toi car je t'aimais en secret. Comme toutes les filles.

Un après-midi, tu semblais t'ennuyer et tu étais sorti sans que nous sachions où tu allais. Chaque fois que tu partais comme ça, seul et désœuvré, j'avais le sentiment que tu pouvais décider de ne plus revenir, qu'il pouvait te prendre l'envie de glisser des enclumes dans tes poches et d'aller te promener sur la rivière gelée où personne n'osait patiner. Ça inquiétait aussi Catherine, qui s'était finalement lavé les cheveux pour meubler l'attente. Nous faisions jouer *Smells Like Teen Spirit* compulsivement, sans savoir que nous incarnions précisément ce que Kurt Cobain dénonçait. Les gars avaient commencé à se faire pousser les cheveux, ils avaient des têtes transitoires et s'échangeaient ta guitare en singeant tes gestes, s'efforçant de gratter quelque chose qui ne sonnerait pas trop mal. Pendant ce temps-là, j'errais dans la maison. J'avais découvert que tes parents faisaient chambre à part, que ta mère cachait un pot de chambre sous son lit et, dans un coffre mal verrouillé, un livre illustré intitulé *Le sexe dans le mariage*. J'étais aussi allée lire les lettres d'amour que ton frère avait reçues, pour m'apercevoir que celle que je gardais précieusement sous mon oreiller n'était en réalité qu'une copie, mot pour mot, de ce qu'une fille lui avait écrit.

Heartbreaker, c'est ce que tu étais.

Puis tu étais réapparu en faisant du vacarme. Le caniche de tes parents s'était mis à grogner et nous nous étions traînés jusqu'à l'étage pour voir ce qui se passait : tu avais ramené une grosse boîte à lettres rouge. En ce beau mardi après-midi glacial de décembre, tu l'avais dérobée quelque part dans le quartier, et ça nous avait enchantés, ça créait une diversion. Nous lui avions trouvé une place entre l'orgue de ton frère et le sapin de Noël, après avoir pris soin d'étaler les lettres sur le tapis. Il y avait des cartes de bons vœux dont certaines contenaient des chèques que tu irais encaisser bientôt, plusieurs relevés bancaires (les lettres de banques comptaient pour la moitié des envois), quelques dépliants publicitaires, en gros c'était assez ennuyant comme récolte, mis à part cette petite grenouille séchée, raidie par le froid, toute légère, qui avait glissé sur le tapis en virevoltant.

Puis tu avais eu cette idée : « On va faire un esti de gros party le 26 décembre, avais-tu dit, on va même distribuer des *flyers* à la poly. » Ça nous avait tous enchantés, nous allions avoir quelque chose à faire, une sorte de but. Il nous restait quelques examens de fin d'étape à boucler puis on aurait la paix. Tu m'avais aidée à fignoler ma maquette pour le cours d'économie familiale, on s'était échangé les réponses du test de maths, il avait fallu produire un texte ennuyant en français, pour ou contre la rénovation du Stade olympique, quelque chose comme ça, on s'était même embrassés plusieurs fois en révisant nos notes et on s'était caressés, je ne savais pas trop comment ni où exactement, mais tu me montrais et ça m'emballait. Tu allais encore couler ton examen d'anglais pour une troisième année consécutive, ça devenait une habitude.

Un matin, tu avais décidé d'aller bûcher du bois pour alimenter le foyer au lieu de venir avec nous passer le dernier test. Et tu l'avais regretté, parce que quelqu'un dans le quartier t'avait vu partir avec la boîte aux lettres et la police était descendue chez toi.

Contrairement à nous, tu étais majeur : tu allais donc devoir faire des travaux communautaires.

Et c'est à ce moment-là qu'Antonin est entré dans notre vie.

*

Il avait des champignons dans la bouche, l'œil droit qui fondait vers le bas, une propension à embrasser tout le monde, un amour illimité des animaux, il prenait ce qu'il voulait dans les assiettes des autres, émettait constamment un bruit guttural qui faisait grogner le caniche de tes parents et se palpait le sexe avec frénésie. Nous étions presque tous vierges, sauf toi, et qu'Antonin se touche ainsi, aussi librement, nous mettait mal à l'aise.

Apparemment, en cette fin de siècle, le vol d'une boîte aux lettres se payait par la compagnie d'un déficient mental. Et tu t'en occupais plutôt bien, à part lui servir son dessert avant le repas « juste pour voir s'il va s'en rendre compte ». Tu coiffais ses cheveux roux droits dans les airs, tu avais rasé sa petite moustache ridicule et lui avais trouvé des verres fumés. Je crois qu'il t'adorait et que tu t'étais attaché à lui. Quand tu t'absentais, Antonin, comme nous, s'inquiétait. Il s'assoyait dans un coin, retirait un de ses bas et le rongeait avidement en se berçant sur lui-même, les jambes ramenées en lotus.

Mais tu finissais toujours par rentrer, avec ton aura de mystère, ta sacoche kaki, tes cheveux gras et tes yeux bleu de mer un peu bridés comme ceux de Kurt Cobain. Tu ramenais souvent quelque chose à la maison : une cargaison de Black Label, une pelle volée à un enfant (pour Antonin), une méga-poutine pour la gang, une bouteille de Southern Comfort, de la bouffe pour Copain, le chien le moins amical que j'aie connu. Plus récemment, tu t'étais mis à faire des emplettes en prévision du party : des cendriers, des verres en plastique, du papier hygiénique et des sacs à ordures. Je ne t'avais jamais vu aussi organisé, tu prenais ton party au sérieux ; on avait écrit sur les *flyers* : « Ne manquez pas le party du siècle, toute la nuit, chez Chewy (le grand blond qui a redoublé huit fois), au 180 rue St-Hubert dans le domaine Deland, entre les champs et la carrière Miron. » On avait travaillé le graphisme sur l'ordinateur de ton frère, un montage raté mettant en scène Robert Smith face à Kurt Cobain, dans le but d'illustrer le choc entre la new wave et le grunge. On connaissait nos classiques et on tenait à ce que ça se sache.

Quelque chose se tramait, on le sentait bien, ça grondait. Nous étions las de ce qui nous dépassait, de ce que nous ne parvenions pas à identifier clairement, c'était comme être en colère contre un nuage très dense et opaque. Nous étions survoltés, vierges, contrariés, tristes, trop jeunes pour déménager en ville, trop vieux pour les maisons de jeunes, notre vie nous apparaissait semblable à un lent assommoir, nous balancions nos lunchs de nouilles Gattuso au fromage et de sandwich au similipoulet directement dans les poubelles de la cafétéria. Nous cherchions quelque chose d'intéressant et il n'y avait rien, mis à part désirer le corps de l'autre et nous familiariser avec la quantité d'alcool qu'il nous était possible d'absorber avant de courir vomir tout notre ennui dans les toilettes des bars où nous réussissions parfois à nous infiltrer malgré notre minorité, jusqu'à se sentir pareil à un gant viré à l'envers abandonné sans raison valable sur le trottoir, dans le centre-ville, à 5 h 46 du matin, quand le ciel est rose mais que personne n'est là pour s'en réjouir, sauf l'homme secret qui promène son loup blanc en cachette (— C'est pas un chien, ça, monsieur. — T'as l'œil, ma p'tite, pas un mot, chhhhhut.).

Tu t'occupais de moins en moins des filles et de plus en plus d'Antonin, tu avais même parlé de l'adopter, car tu disais que c'était le seul être pur et véritablement intègre que tu aies croisé dans ta vie. Pendant que tu lui faisais découvrir son reflet dans le miroir près de l'entrée, nous déplacions les meubles du salon de façon à suggérer une piste de danse. En soulevant le fauteuil de ton père, j'avais retrouvé la petite grenouille séchée qui avait fui par la bouche de la boîte aux lettres. La moitié de son corps était en miettes à cause du poids du fauteuil et Copain avait englouti l'autre d'un coup de langue, celle qui comprenait les pattes arrière, faites pour sauter, et ça m'avait fait quelque chose, je m'étais sentie fragilisée, très vulnérable, sur le point de pleurer.

Le conseiller en orientation, un petit monsieur en forme de cube avec une moustache qui lui donnait l'air d'un morse, était venu nous voir, juste avant les vacances, comme pour nous les empoisonner, nous demandant de penser à ce que nous voulions faire dans la vie. J'avais répondu vétérinaire et je m'étais sentie prévisible comparée à toi qui voulais déménager sur la Côte-Ouest américaine et ouvrir un petit commerce de posters de groupes, de chandails, de mini-macarons, de fanzines et de démos de *bands* inconnus. Il t'avait suggéré d'aller étudier en administration au cégep, tu avais répondu que, pour l'instant, tu voulais y penser, car tu t'intéressais de plus en plus au bien-être des déficients mentaux. Tu étais sérieux, mais tout le monde avait ri. Puis tu lui avais demandé ce qu'il voulait faire, lui, à notre âge. « Pilote de Formule 1, avait-il dit, des fois faut faire des compromis dans la vie. » Mais les compromis, ce n'était pas ton genre.

Il était à peine 20 h lorsque le premier invité, un *nerd* joufflu déjà soûl mort et portant une ceinture de Superman, était arrivé au party. Tu avais demandé à Antonin, qui n'avait jamais été aussi dans le coup avec son t-shirt des Babes in Toyland, son mini-macaron Bikini Kill, son mohawk et son jean déchiré, d'aller ouvrir la porte. Puis des gens que nous ne connaissions pas, des *preps*, s'étaient pointés en grappe. Ils buvaient du vin blanc au goulot et fumaient du hasch dans du papier à la fraise, ça faisait lourd sur la langue. Les toilettes étaient bouchées, pas moyen de réparer ça, alors on avait écrit, après s'être embrassés sur la sécheuse : « Défectueuses, allez vomir dans la neige. » Déjà, une vingtaine de personnes s'agitaient sur la piste de danse sur *Mexican* – plus tard ça *trasherait* jusque sur les photos de famille, jusqu'à défoncer ce mur cérémonieux où ta mère attendait désespérément de suspendre ta photo de finissant, à côté de celle sur laquelle ton frère reçoit un trophée octroyé par les esthètes bien intentionnés d'une quelconque paroisse de banlieue.

Tu avais acheté du *mush* au *pusher* de l'école, on l'avait mâché ensemble, ça goûtait les chips humides sans ajout de sel et ça faisait mal au ventre. Par la suite, ça allait. Il n'était même pas minuit et la maison était remplie. De temps en temps on voyait passer Antonin, tu lui avais offert une bière sans alcool et tu gardais un œil sur lui, comme pour le protéger. Tout allait bien jusqu'à ce que Patricia fasse son entrée, une banlieusarde pulpeuse avec des cheveux de jais au milieu du dos, plus sains et forts que les miens, que je tentais désespérément de faire pousser sur une teinture jaune orange qui les avait cassés, la repousse était moche, on aurait dit qu'un chien avait pissé sur ma tête. Tu étais parti dans ta chambre avec « Patou », tu avais verrouillé la porte, qui laissait filtrer une lumière rouge de bordel et d'émerveillements charnels – elle savait sans doute bien mieux que moi où mettre ses mains –, puis, potentiellement cocufiée, j'étais redescendue en glissant sur le cul dans l'escalier comme si c'était une pente enneigée et que j'étais équipée d'un *crazy carpet*, ça m'avait tout simplement paru moins complexe que de descendre les marches une à une, on verrait plus tard pour le coccyx, pour l'instant je ne sentais rien, et rendue en bas, j'avais attrapé la première bière qui me passait sous le nez, une bouteille qui servait de cendrier, j'avais eu des mégots plein la bouche, de la cendre mêlée à ma salive, je m'étais ensuite assise jusqu'à ce que quelqu'un mette le feu à mes cheveux déjà tout carbonisés. Ça n'allait plus très bien. Poisson était venu me consoler, oui oui, Poisson dont le père s'était pendu quelques mois plus tôt – et d'ailleurs on racontait qu'il en restait une lézarde au plafond, chez lui, dans le salon. Baiser payé d'un coup de poing sur la mâchoire, un uppercut, dirais-je, décroché par une fille que je n'avais jamais vue de ma vie, une plus vieille qui connaissait sans doute, elle aussi, les secrets entourant la vie sexuelle. Le monde m'apparaissait peuplé de gens qui savaient des choses qui m'étaient interdites, je devenais parano, et apparemment je n'étais pas la seule, à voir Dominic, d'ordinaire si pacifique, tronche à la Lennon, viser son meilleur ami avec les dards du jeu de ton père, ami qui le lui rendait en balançant à deux mains dans sa direction, comme des boules de bowling, les dindes Butterball congelées.

Je ne me souviens plus de ce qui s'est passé ensuite. Quelqu'un m'a prise sur son dos comme un sac de patates et on a remonté l'escalier.

*

Je me suis réveillée le lendemain matin dans la roulotte de ton père stationnée dans le garage. On avait pris soin de me retirer mes bottes d'armée. Je n'aurais pas su dire l'heure qu'il était, je crois que c'est la pluie qui m'avait tirée du sommeil. Une grosse pluie lourde qui allait mouiller la neige et la faire fondre, qui donnerait une moue déconfite aux bonhommes de neige, ferait tomber leur carotte, on verrait l'herbe au jour de l'An, ça gèlerait et plein de gens à demi ivres se tueraient en voiture en glissant sur la chaussée. Une ecchymose s'étendait le long de ma mâchoire, mes gencives avaient enflé, il y avait du sang sur le collet de mon *bummer*. Et mon coccyx me donnait l'impression de s'être effrité. Avec mes cheveux brûlés, j'avais l'air d'une poupée incendiée.

Je suis sortie ; il faisait doux. Sur la neige, devant la maison, des petites flaques de vomi dispersées un peu partout. Copain avait réussi à s'échapper, il était installé sur la galerie et farfouillait dans une serviette hygiénique. Tout près, juste à côté de la piscine hors terre, quelqu'un avait lancé un globe terrestre défoncé. Des bobettes Fruit of the Loom tachées de merde étaient suspendues à la clôture. Puis j'étais entrée dans la maison par la porte donnant sur la cuisine.

Il restait des miettes de hasch sur la cuisinière et des bouteilles de 7 Up trouées gisaient dans le lavabo, à côté des mégots.

On avait omis de dire aux invités d'enlever leurs bottes ; une dizaine de centimètres de boue recouvrait le plancher.

Sacs de chips au ketchup vides et boîtes de gâteaux Vachon pillées.

Bouteilles de verre fracassées.

Tessons. Sang.

Dans le salon, apparemment, quelqu'un était parti avec la photo de ton frère glorieux, en pleine possession de ses moyens. Quelques touches de son orgue manquaient aussi à l'appel.

(Je ne sais pas pourquoi mais les sapins jetés par terre m'affectent, ce jour-là plus que tous les autres. Peut-être parce qu'un sapin couché, c'est un peu comme un lion mort.) Le sapin de Noël s'était affaissé.

Ça devenait un peu complexe de descendre au sous-sol : l'escalier avait été démoli. Il fallait sauter. Et la rampe était portée disparue.

En bas, il y avait des bouteilles partout, des cendriers débordants, des seringues dans un coin, au pied d'un vieux poster de Michael Jackson.

Quelqu'un avait volé les films cochons de ton père.

Les dindes Butterball finissaient de décongeler. J'en dénombrai sept.

Un disque compact de Queen jouait en *loop*, le premier que tu aies acheté puisque nous venions tout juste de dépasser le règne de la cassette. Enfin.

Je me suis hissée jusqu'en haut et j'ai avancé vers les chambres.

Dans celle de ta mère, il y avait deux gars et deux filles enlacés, nus, et des capotes usagées près de la porte.

Tu dormais dans la tienne avec Patricia, l'entourant de tes bras. Ses longs cheveux drus couvraient ta main et cachaient ses seins. La lumière rouge ne faisait plus tellement effet car le jour entrait par la fenêtre et se déversait sur vos corps.

Je suis passée devant la salle de bains. Comme les toilettes étaient bouchées, des gens avaient pissé dans le lavabo et d'autres, dégueulé dans le bain.

Patricia t'aiderait à nettoyer tout ça.

Finalement, dans la chambre de ton frère, Antonin dormait paisiblement en gargouillant. Je l'ai réveillé, lui ai refait son mohawk. Puis nous sommes sortis et avons marché jusqu'à la rivière.

On a bu des *slush* bleues, mangé des Mister Freeze et des jujubes.

On avait la langue mauve et brun.

J'ai allumé une cigarette par le mauvais bout, puis je l'ai lancée par terre, je ne fumais même pas pour vrai.

La chaleur avait dégelé la rivière.

On entendait de drôles de cris d'oiseaux qui ressemblaient à des jappements.

Il pleuvait encore. La neige collait.

Antonin et moi, on lançait des balles de neige dans l'eau et ça faisait « plaf ».

Fées et princesses
au bout de leur sang

« Chaque fois qu'un enfant dit : " Je ne crois pas aux fées ", il y a quelque part une petite fée qui meurt. »

Sir James Barrie

Dans la voiture, chemin faisant, ma petite sœur perdait ses illusions une à une. Tout avait commencé dans le parc, devant une grosse pivoine. Lili avait dit quelque chose de troublant, une phrase qui pouvait désarmer un cynique, ébranler le plus insensible des penseurs postmodernes : « Oh ! Regarde, cette fleur est si jolie qu'on dirait une fausse. » Cette observation tordait l'ourlet de sa petite bouche rose en cœur, lui dessinait une moue obscène, donnait envie de se mettre à saigner du nez en guise de réponse. Que pouvaient les mots devant le commentaire de Lili, sinon en rajouter une couche ? On souhaitait être en mesure de désamorcer quelque chose qui fuyait devant soi, on avait envie de dire à Lili, sept ans, « bienvenue dans le monde », mais ça devenait absurde, il fallait orienter la conversation autrement, diriger son attention vers un sujet qui l'avait beaucoup préoccupée ces derniers temps : la fée des dents. Et voici ce que ma sœurette avait répondu : « La fée n'existe pas, c'est maman qui est venue chercher ma dent et glisser un dollar sous mon oreiller. J'ai fermé les yeux très fort, très fort, serré les paupières jusqu'à en pleurer, mais j'ai bien vu, maman, sa robe de nuit… Comme pour le Père Noël ; c'était l'odeur de papa… Ces personnages n'existent pas, mais on ne doit pas le dire à papa ni à maman parce que ça leur ferait de la peine. »

« Les fleurs de plastique sont parfaites, épanouies en tout temps, ouvertes et dressées, mais elles n'ont aucun parfum. » C'est tout ce que je trouvai à répliquer et je pensai que ma réponse avait quelque chose de tout aussi licencieux que la remarque de ma sœur. Surtout ne pas lui parler de ce qu'on enjambe dans une vie en essayant de ne pas s'enfarger, de tous les icebergs vieux bleu s'épuisant quelque part entre le Groenland et Terre-Neuve, des carcasses d'éléphants décédés dans leurs cimetières privés et des rats pris dans des pièges à souris sur lesquels on a dessiné une tranche de gruyère cartoonesque comme si c'était une bonne blague, des corbeaux noyés dans des piscines hors terre de banlieue qui ressemblaient trop à des ciels renversés, sans parler des étourneaux à l'air méditatif ou mal intentionné perchés sur les lampadaires, des écureuils électrocutés dans la chair d'entre leurs griffes et, enfin, des gens esseulés qui prennent eux-mêmes leur pouls avec un stétoscope pour savoir si c'est de panique ou du cœur qu'ils claqueront dans leur demi-sous-sol. Ma sœur, ne regarde pas à droite, évite d'apercevoir ce g-string mauve, souillé, pendu à un parcomètre planté dans une colline d'ordures, faut être vraiment bourrée ou bien désespérée pour oublier son g-string sur un parcomètre, à moins que… Comme les mortes de Juarez et leurs croix roses dans le désert septentrional du Mexique, Paloma, Griselda et les autres, par tranches de cent, immortalisées dans des *snuff*, leurs os carbonisés, jetés comme de vulgaires restants de table dans les coins sombres des terrains vagues, entre deux usines. Heureusement, les dents ne brûlent pas ; c'est grâce à sa carie que Lupita fut identifiée et qu'on enterra le nid d'os déposé dans une urne surmontée d'un cœur.

Tu devines trop vite les secrets du monde, ta pureté corrosive par-dessus notre crasse entraîne une réaction chimique, malgré tout cette pivoine a poussé dans la terre grouillante de vers et la voilà, dressée, épanouie, pareille à une jupe à froufrous qui s'ouvre en s'effeuillant devant tes yeux, pour toi ma Lili. Avec ta palette en moins, tu souris comme une enfant qui sait comment on fait les enfants. Petite fugueuse, viens-t'en donc, échappons-nous ensemble aujourd'hui et, malgré le ciel mauve gris vert, allons faire un tour de manège.

Était-ce à cause de la pluie latente ? Nous étions presque seules ce jour-là au parc d'attractions. Tu voulais de la barbe à papa rose, en vraie petite sœurette, c'était comme manger de la ouate volatile, tu riais, remplissais de coton sucré le trou de ta dent manquante, on s'en mettait plein les oreilles et « Hen ? Quoi ? Je comprends pas ce que tu dis, j'ai de la barbe à papa dans l'oreille ». Petite vlimeuse, tu te dirigeais vers les manèges des grands, et par la même loi tacite qui veut que les gardiennes louent des films d'horreur et les regardent en feignant de ne pas savoir que les Lili ne dorment pas et qu'elles espionnent du haut de l'escalier, espérant apercevoir les morts vivants, les décapitations, les inévitables scènes de baise entre adolescents dans un chalet en forêt avant l'arrivée du maniaque masqué, les séances d'exorcisme, les cimetières indiens, les chats louches et agressifs, les électrocutions, la peur, la peur, la peur, par cette loi immuable qui fait qu'on cherche toujours à profaner la pureté de ceux qui n'ont pas été corrompus, je te suivis sans opposer de résistance. Je crus d'abord que tu allais vers les poneys, abrutis à force de tourner ainsi, dans la même direction, je souhaitai secrètement pour eux que quelqu'un se soucie d'alterner le sens de leur ronde, mais tu voulais en réalité faire un tour dans la grande roue qui grinçait, avoir les pieds pendus dans le vide et le cœur remonté jusque dans la gorge. Tu n'avais pas la taille réglementaire, mais on nous laissa passer quand même. Il y avait aussi une fille très maquillée qui avait fréquenté la même école secondaire que moi deux ou trois ans auparavant, elle voulait devenir mannequin à l'époque et posait pour le catalogue Sears. Ce jour-là, elle mâchait une gomme avec entrain, portait des anneaux et une petite casquette de fausse « yo », elle était accompagnée de son chum, plus vieux qu'elle d'une bonne dizaine d'années. Je constatai que si ses hanches s'étaient élargies ainsi, c'était pour soutenir l'enfant qu'elle portait, pour transformer son corps en berceau. À ce moment précis, sans savoir pourquoi, je fis le vœu que ma petite sœur ne soit jamais de celles qui sucent une queue à onze ans avant le premier *french kiss*, de celles qui découvrent le goût aigrelet du sperme avant celui de l'amour.

Expliquer à Lili que les dernières princesses de la planète meurent à Paris dans de tragiques accidents de voitures, que les superhéros finissent leur vie en chaise roulante le torse rigidifié, la nuque épaissie et le sexe à plat, à la suite d'épouvantables chutes de cheval. Plus personne n'a envie de s'aimer autour de moi. J'aurais souhaité que, dans la même impulsion, *il* s'en remette à moi et me prenne en charge, que l'un et l'autre on s'envisage, mais tout est trop souvent possible autour de nous, ça va très vite, comme dans un manège. Et la nausée me prend quand je pense que le soir, avant d'aller au lit, Lili se met belle pour les voleurs et les monstres. Comment lui dire qu'ils ne tarderont pas à venir à sa rencontre pour lui arracher le cœur d'entre les poumons, un vrai travail de boucherie, l'attacher avec de la vieille corde sale, et rêche, puis mettre un galet au bout du nœud et balancer l'organe et la pierre dans une rivière polluée où plonger n'est pas intéressant, à moins d'être à la recherche de vieux barils débarrassés de leur contenu, de vouloir ramasser de vieilles bouteilles libérées des messages d'amour qu'elles portaient, pour les ramener ensuite chez le dépanneur et en acheter d'autres qu'on rejettera à l'eau, cette fois sans message d'amour.

Comment te dire, Lili, que tes premières insomnies approchent et que, quand cette nuit blême tombera, tenace et incrustée, tes poupées demeureront muettes, tes oursons ne te seront d'aucun secours, un oiseau-mouche se fera éclater le bec en voulant entrer dans ta chambre par la fenêtre fermée. Tu allumeras ta veilleuse dans l'espoir de te rassurer mais tu n'en verras que mieux, sur le mur, les ombres terrifiantes, les silhouettes floues, leurs formes vaguement voûtées, haletantes, toutes tournées vers toi. Un conseil de grande sœur : quand ce moment sera venu, fais la morte. Surtout ne fais pas de bruit, retiens ton souffle sous l'édredon. Et ne hurle pas, car ton cri resterait logé entre les quatre murs jaunes de ta chambre et les monstres n'en seraient que davantage exaspérés. Oui Lili, fais la morte. Prétends que ton lit s'est métamorphosé en cercueil.

Soudain la grande roue s'immobilisa, ce qui fit hoqueter ma sœur.

Nous avions une vue imprenable sur la ville. Quand je voulus pointer du doigt notre maison, le manège repartit mais à reculons cette fois, à un rythme effréné, démentiel. Si bien que Lili se mit à hurler, à pleurer, à vouloir se jeter en bas. D'ailleurs, où était passé l'ado attardé aux commandes de cet engin, il ne semblait plus être dans les parages, et Lili s'époumonait comme si sa vie en dépendait, elle pouvait glisser sous la barre à tout moment. Je compris alors pourquoi il y avait une taille réglementaire et je saisis Lili qui s'agrippait à moi de toutes ses forces, plantait ses petits ongles de nacre dans la chair de mes bras. Paniquée comme un animal fou, elle me mordit avec ses canines de lait. Quand elle cessa de crier, je lui ordonnai de fermer les yeux. Lili était si menue que, même à sept ans, lorsqu'elle se recroquevillait, elle retrouvait la forme d'un fœtus coincé dans les muqueuses utérines. Lili rapetissait ; ainsi je pus la prendre dans ma main et la glisser dans ma poche pour éviter qu'elle ne se disperse dans l'air, se volatilise. Ma lilliputienne, il faudra te construire un abri, une maison dans un arbre, un lieu secret où tu pourras te réfugier. Et il faudra faire vite. Nous avons assez tardé.

De retour sur le plancher des vaches, ma sœur, comme une enfant qui se rend compte, après une chute ou une crise, qu'il n'y a aucun mal, se mit à rire, d'abord nerveusement, puis ensuite pour vrai, en se tapant les cuisses pour singer papa, ce qui me fit rire aussi, et nous pleurions en même temps, soulagées. Dans ce parc d'attractions rouillé et désolant, il y avait la ronde des vrais poneys, mais aussi celle des faux chevaux bleus, verts et mauves, ayant l'air plus libres que les autres. Leur carrousel tournait, s'immobilisant parfois sur quelque licorne ou autre monture ailée, majestueuse, débridée. Les faux poneys étaient bien plus médusants que les vrais.

Ne pas en faire part à Lili.

Ne pas lui dire, lui cacher ces choses encore un peu, ne pas lui apprendre que le désir arrache tout, qu'aussitôt qu'on y met un doigt, le corps suit tout entier. Mais je l'informerai, certes, en temps et lieu, je lui dirai qu'il y a ceux qui font semblant et les autres qui se perdent en courant après, et pas grand-possibilités entre les deux. Qu'on s'attache à ceux qui nous repoussent et qu'on rejette ceux qui s'approchent. Que ça devient étourdissant, que ça fait vieillir prématurément. Qu'à vingt-cinq ans on en a quarante, que les enfants qui naissent désexualisent les corps, et qu'en cette ère du Botox, le défi consiste à rester désirable le plus longtemps possible pour baiser – mal – avec des gens que nous n'aimerons pas, tout en fantasmant sur quelqu'un qui n'est pas plus en mesure d'aimer.

Dans le palais des glaces où je suivis Lili, nous apparûmes défigurées, deux naines écrasées sur nous-mêmes, disgracieuses et diminuées, comme si le ciel nous était tombé sur la tête sans nous achever et qu'on venait à peine de s'en remettre. Ce miroir nous enlaidissait en nous rapetissant, nous étions seules au palais et ton rire réverbéré nous revenait en un écho qui le dramatisait. Tu n'en riais que plus fort, hilare et apeurée comme à la sortie de la grande roue. Ton rire me donnait le vertige parce qu'il me rappelait le mien, celui que j'avais égaré il y a longtemps. Peut-être ce rire était-il resté emprisonné dans ma gorge ou dans mon jeu de magie, celui que maman avait un jour vendu lors d'une vente de garage… Peut-être que cette exclamation qui était la tienne, et avait un jour été mienne, était restée logée dans ce tiroir occulte qui faisait disparaître les objets ? Peut-être qu'une ribambelle d'enfants que je ne connaissais pas avaient entendu mon rire – et continuaient de l'entendre –, s'échangeant le jeu de magie d'une vente de garage à l'autre. Peut-être même que la candeur quasi dérogatoire de ce rire les effrayait parce qu'elle leur révélait la leur, comme une première prise de conscience. Peut-être que mon rire leur donnait un avant-goût de ce qu'ils allaient perdre, comme s'ils avaient ouvert une boîte de Pandore, comme si je leur avais jeté un sort, que par un tour de passe-passe involontaire j'avais fait de la magie noire et inventé un sortilège – malgré moi.

Ailleurs, ma silhouette apparaissait distordue, déviée à la hauteur des épaules, des hanches et des genoux, et le fait que ma vie amoureuse me soit passée sur le corps plusieurs fois devenait flagrant. Il valait mieux porter le regard ailleurs… pour s'apercevoir décuplée, exponentielle, la gueule épouvantée cent fois plutôt qu'une, ne pas être en mesure d'ignorer son air ahuri et les marques fluorescentes laissées par toutes ces blessures du cœur, considérer, perplexe, sa moue renfrognée, ses sourcils froncés, plissés par les idées fixes. Tous ces miroirs, partout, suggéraient une saynète pornographique et Lili, un jour, saurait que la porno nous a tous pollués, de près ou de loin, qu'elle a intoxiqué l'amour, et elle en souffrirait. Elle apprendrait que le sexe ne s'exécute plus en dehors de sa représentation, comme s'il venait toujours référencé, que la plus grande obscénité, désormais, est de chercher le regard de l'autre pendant – et de le trouver. Elle apprendrait qu'une main glissée dans une paume aimée est bien plus impudique et compromettant qu'une langue enfoncée dans un cul. Est-ce qu'on ne pourrait pas essayer l'amour pendant l'amour et après on ferait comme si de rien n'était, promis juré, on oublie tout. Remettre ses bas sales, son soutien-gorge, son jeans, sa camisole et ses bottes. Oublier sa bague près du calorifère, ses boucles d'oreilles sur le rebord de la fenêtre. Aller dans la salle de bains, se regarder dans le miroir et se dire qu'il faut partir avant qu'un malaise ne s'installe. Fouiller dans la pharmacie sans savoir ce que l'on cherche, comme ça, distraitement, ou pour se rapprocher de l'autre. Tomber sur une bouteille d'antidépresseurs et en gober deux, juste pour voir. Se sauver pendant qu'il feint d'être endormi et lui écrire un courriel en arrivant. Faire rentrer le chat. S'endormir avec ce chat après avoir écouté tout un chapelet de chansons folk qui consolent et confortent dans la douleur, qui décantent la nuit, la suspendent dans les airs. S'endormir à la lisière du jour bleu-gris qui piaille dans un lit trop grand pour soi, avec une sucette dans le cou. Rêver un peu, en autant qu'on évite les cauchemars, pas vrai Lili ? Lili ?

Ma petite sœur avait disparu. Elle me fuyait, s'était sauvée de ma mauvaise foi et de mes airs graves. Mal lunée que j'étais, moi aussi j'aurais souhaité ne plus apercevoir ma gueule, mais ici j'apparaissais partout, sous toutes mes coutures : impossible de se soustraire à soi dans le palais des glaces. Je me sentis piégée, abandonnée à moi-même, et c'est à cet instant que je compris que j'avais plus besoin de Lili qu'elle de moi. Quand je retrouvai enfin cette petite souris exaltée, elle était en train de se raconter des histoires, de murmurer une comptine pour se consoler. Puisque je n'étais pas là pour la divertir, elle paradait devant un miroir qui l'amplifiait, étirait sa silhouette vers le haut. Ainsi magnifiée, ma petite sœur devenait mon sosie, devenait sa propre grande sœur. Je me sentis désœuvrée, mal *castée* dans le rôle de géante auquel ce miroir me reléguait.

Puis, à mon tour, je me mis à rapetisser, à perdre de mon lustre, à éprouver une grande nostalgie en songeant à cette collection d'objets disparates qui avaient eu du sens pour moi quand j'avais l'âge de Lili. Un coquillage nacré qui avait conservé les ondulations de la mer sous sa lèvre retournée. Un bocal contenant deux sauterelles et le cadavre desséché d'une petite araignée. Une patte de lapin porte-bonheur teinte orange fluo. Deux trèfles à quatre feuilles collés dans un calepin, cadeau du concierge de l'école. Une boîte en forme de cœur dans laquelle j'avais déposé toutes mes dents de lait (on pouvait aussi s'en servir comme maracas). Un gazou et un ocarina cassé. Un sachet de velours contenant plusieurs hosties soudées par l'humidité – j'étais inscrite en morale à l'école et les rituels entourant la vie de l'Église m'attiraient. Un bâton de colle que j'utilisais comme micro et les cassettes de Boy George, Eurythmics, Samantha Fox, Cyndi Lauper et Martine Saint-Clair pour mes séances de lipsync. Une fausse flaque de vomi pour jouer des tours. Les oiseaux de bois peint qui composaient mon boulier-compteur avant que celui-ci ne se rompe ; j'avais le projet de me faire un collier avec toutes ces hirondelles mauves, rouges, jaunes et noires qui traînaient au fond du baluchon. Quelques parasols de papier pour les cocktails et les limonades vendues vingt-cinq cennes. Les vieux rouges à lèvres pâteux de ma mère. Un macaron à l'effigie du pape Jean-Paul II. Des échantillons de parfum fabriqués avec des pétales pressés et un peu d'eau de pluie, des chaussons de ballerine, une poupée Fraisinette et une collection d'autocollants qui sentaient, entre autres, la *root beer*, le maïs soufflé et l'orangeade.

Qu'étaient devenus tous ces menus objets qui m'avaient accompagnée partout ? Qu'était-il arrivé à la famille de lapins en porcelaine que nous avions un jour achetée dans le quartier chinois et qui tenait tout entière dans la paume de la main d'une fillette ? Où étaient passés ces animaux sculptés dans le pépin d'un fruit sec ?

À ce moment précis, je ressentis le désir de les retrouver tous.

Car j'aurais pu montrer ces objets à Lili, les lui offrir dans le désordre comme une preuve de bonne volonté au lieu de l'épouvanter avec mes histoires aussi chargées que le ciel. J'aurais aligné les oiseaux de bois, coquillages, insectes, porte-bonheur, dents perdues, et elle seule aurait su inventer un sens à cette collection portée disparue. Il me faudrait, à l'avenir, apprendre à ravaler ces fables noires qui se bousculaient dans ma tête dès que Lili s'approchait de moi, m'étouffer avec mes douze histoires, me les enfoncer profondément dans la gorge avec le doigt en prenant garde de les vomir, cesser de lui asséner cette médecine impudente. Ne plus les lui soumettre, ne pas raconter à Lili que dans les stationnements des centres commerciaux, des hommes sans signes distinctifs, tout aussi oubliables que les banlieues où ils sévissent, font respirer à des filles des fragrances bon marché cachées dans leur coffre de voiture en prétendant les vendre pour des pinottes. Que ces hommes débouchent des flacons de parfums enjôleurs qui portent des noms comme Trésor, Poison, Obsession – avertissement suspect – et que les filles-fleurs qui les sentent et voudraient les pulvériser dans leur cou pour pas cher respirent en vérité une bouffée d'éther juste avant de s'évanouir, de tomber par terre pour ne plus réapparaître, pour ne plus jamais répondre à l'appel de leur mère ni au mutisme de leur père.

Comme les filles de Juarez, encore belles même mortes la lèvre fendue, encore jolies même avec des familles de couleuvres rampant dans leur chevelure. Sauf que c'est dans les bois anonymes de villes frontalières ou dans les petites rivières de l'Est du Québec, et non dans le désert du Mexique, que l'on couche leur cadavre plombé et qu'elles s'endorment d'un ultime sommeil de mousse, d'algues et d'oursins, le crâne défoncé et la mâchoire disloquée. Ces filles-là finissent par se dissoudre dans une eau glaciale, impraticable. Les grandes sœurs les repêchent dans leurs nuits vertes et troubles, elles pressentent ces choses, elles les pleurent avant que la famille n'éclate, jusqu'à faire euthanasier le chien.

Les grandes sœurs sont des fées affolées devant l'ingénuité des Lili qui s'imaginent princesses à cause des miroirs déformants. Elles sont des filles inquiètes qui occupent leurs heures libres à se demander combien de temps mettent les parfums à tourner, de gentilles sorcières bouleversées qui tentent d'apprendre à déchiffrer les tarots, à voir clair malgré les distorsions et les reflets trompeurs, à user de magie blanche pour prévoir les coups. Ces fées sont continuellement au bord de l'évanouissement. La grimace de ma sœurette devant le dernier miroir sans effet – brusque retour au réel – laissait présager le pire.

N'empêche que trois amants, c'est de l'ouvrage, Lili. Peut-être que toi aussi, un jour, tu remplaceras l'amour – inexistant – de cette façon. Les garçons sont des oiseaux magnifiques, *greyés* de couleurs éclatantes, qui ne se posent jamais, qui virevoltent autour de ton lit, égarant quelques plumes pendant la parade, avec lesquelles tu pourras rembourrer tes oreillers ou te coudre un costume d'Indienne. Ils ont les ailes musclées, tu verras, et le bec solide, toc toc. Malgré tout, parfois, la nuit, ils atterriront près de ton oreille et demanderont, juste avant l'heure mauve, pourquoi tu ne t'endors pas une fois enclavée dans leurs bras. Ce sera le plus envoûtant des chants ; il aura presque la valeur d'une hypnose. Tu voudras leur répondre que ce serait comme camper dans un marécage ou aller t'étendre dans les sables mouvants, et tu ne t'endormiras plus avec quiconque parce que, comme les filles intoxiquées à l'éther qui se sentent si bien pendant qu'elles s'effondrent, qui vivent quelques secondes extatiques avant de se cogner le crâne sur l'asphalte, tu pressentiras que l'éveil relèverait du délire, que le jour et ses lueurs n'auraient rien à voir avec votre histoire, que le jour manque de délicatesse, qu'il ne permet pas le dixième des nuances de la nuit, qu'il défigure les amants, rend les oiseaux effrayants, vandalise les filles et culpabilise les garçons. Une fois le jour éclos, plus personne n'a de réponses aux questions graves. Car le soleil est bien trop lavé du reste.

Aussi, tu craindras ce qui pourrait survenir pendant ton sommeil. Afin de prévenir les coups de hache portés au cœur pendant la nuit, ceux qui laissent toutes ces cicatrices et autres plaies béantes, il te faudra être très forte, piétiner ta vulnérabilité, attendre que l'oiseau s'endorme, remonter la couverture par-dessus ses plumes, lui mettre un tapon de linge dans les bras, éteindre la lampe de chevet, ne pas marcher sur la queue du chat, ne pas regarder l'heure, ne pas te regarder dans la glace et quitter les lieux en faisant le moins de bruit possible. Crois-moi ma Lili, c'est la seule chose à faire dans ces cas-là.

Une fois dehors, ignore les gens qui font leur jogging à l'aube.

Lili me tirait par le bras, exigeait que je la suive, que j'accélère le pas derrière elle pour que nous puissions éviter la pluie qui commençait à tomber et qui allait enfin libérer le ciel. Il fallait nous mettre à l'abri, nous trouver un toit. Quelqu'un faisait rentrer les poneys dans un petit hangar. On leur lança une grosse balle de foin. Il y avait là quelques chaudières d'une eau qui paraissait fraîche. Toutes les selles western alignées sur la clôture, elles aussi à l'abri. L'un des poneys se cabra à la vue d'un ballon gonflé à l'hélium qui s'éleva jusqu'au plafond. Deux clowns apparurent. La pluie avait gâché leur maquillage mais le sourire banane de l'un restait visible ; l'autre s'était dessiné une moue triste. Jean qui rit et Jeanne qui pleure avaient retiré leur perruque et se tenaient main dans la main. « Regarde, chuchota ma sœur, ils s'aiment. » Et c'était vrai qu'ils avaient l'air amoureux. Jean murmurait des choses très douces dans le cornet de l'oreille de Jeanne, qui souriait par-dessus sa grimace, bien au-delà de son masque chagrin.

— Peut-être qu'ils veulent un bébé clown, suggéra Lili.

« Méfie-toi, ils sont déguisés. Tout ça, c'est du théâtre », m'entendis-je penser. Mais je ne l'énonçai pas.

Je répondis plutôt :

— Pour monter tous ces chevaux miniatures, oui, Lili, ça leur prendrait un petit pitre dans ton genre.

Ma sœur s'esclaffa. Le rire de Lili transformait les courges en carrosses, les roturières en châtelaines, les fausses marguerites éternelles en pissenlits durables et éclatants. Ou peut-être se moquait-elle tout simplement de mes histoires de peur, qui n'effrayaient plus que moi. Par le trou de sa dent manquante, on pouvait voir jusqu'à sa luette rose bonbon qui gigotait.

Lettre aux habitants
de Rivière-Bleue

« Jean Cocteau n'aimait pas la réalité.
Tout son travail consistait à créer des
espaces de l'imaginaire, des contre-
mondes. »

Claude Arnaud, son biographe

Parfois on se dit : « Si je pouvais me retrouver dans
le bois et n'avoir que ça à faire, écrire, alors mon projet
avancerait, je ferais des bonds en avant, des pas de
géante. » En septembre 2003, je me suis prise au mot et
j'ai décidé de me mettre à l'épreuve en allant écrire pendant un mois dans un petit village dont le nom m'inspi-
rait : Rivière-Bleue. Mille cinq cents habitants, un motel,
un bar, un restaurant, un train, plusieurs salons funéraires : rien pour me distraire, pas même le fleuve au
loin, car j'étais « dans les terres », comme on dit. Ce village m'apparut idéal.

Une fois installée, je tressai mon quotidien d'une
suite de petits moments isolés qui me ravissaient, des
activités telles que : écrire mon journal le matin avec la
brume dispersée qui avait déposé des gouttelettes sur la
véranda, boire du vin au crépuscule, rater des gâteaux,
espérer les orages et les arcs-en-ciel, me rendre à vélo au
lac Beau et au lac Long – respectivement beau et long –,
avoir peur le soir parce que ma fenêtre donnait sur la
forêt, observer les animaux écrasés sur la chaussée et les
libellules séchées, ramasser des squelettes de poisson sur

la grève et, enfin, dénicher une roche pour Benoit Jutras, comme il me l'avait demandé. Je trouvai là le bureau d'écriture rêvé : une halte sur le bord de la route avec un toit et des tables de pique-nique, un refuge presque irréel, déserté, un endroit d'où le temps avait été exclu.

Tous les jours, j'allais rendre visite à deux pouliches folles et un peu sauvages qui paissaient dans un grand champ. Je leur apportais des pommes et des *peppermints* qu'elles dévoraient en se chicanant. J'avais baptisé la plus petite des deux Lolita, mais l'autre, qui avait la carrure et la couleur d'une taure, je ne savais pas trop, j'hésitais et, finalement, le baptême n'eut jamais lieu.

Pour se rendre au pré où couraient les juments, il fallait passer devant une *maison abandonnée*. Une vraie. Outre les piqueries squattées du Centre-Sud, je n'avais jamais vu une telle chose. Je la guettais du coin de l'œil. La craignais en silence.

Après un mois d'écriture, je suis rentrée en ville. L'Halloween approchait et le rédacteur en chef d'un hebdomadaire culturel montréalais auquel je commençais à collaborer me commanda un conte de circonstance. La maison abandonnée me revint en tête, toute fraîche dans ma mémoire. Et j'ai rédigé la nouvelle qui suit, intitulée *La maison*. Juste avant d'expédier le texte, je me souviens d'avoir hésité : fallait-il masquer le nom du village ? J'essayai Rivière-Grise, trop fantomatique, Rivière-Verte, mais je n'aimais pas sa connotation mousseuse et infestée d'algues, comme si un monstre s'y terrait, des sangsues… Ce n'était pas cette avenue que je souhaitais privilégier. Je décidai finalement de conserver « Bleue » puisqu'une rivière bleue, c'est la pureté, l'origine, les truites grouillantes et les crapets-soleils ventrus, l'eau à travers laquelle on peut voir jusqu'au sable. Rien n'est caché dans une source bleue, on voit tout et on peut tout espérer d'elle. Impossible, par exemple, d'y égarer un bijou, on le verrait scintiller et on le retrouverait immédiatement. Dans le lit d'une rivière bleue ne fleurissent pas les drames.

Mais, dans la fiction, planter une maison abandonnée dans un endroit nommé Rivière-Bleue et mettre tout ça au service d'un conte plus ou moins terrifiant m'apparut inspirant.

Alors je maquillai le village, un peu laissé à l'abandon, qui devint ainsi un espace fantôme. Et j'entrai dans la maison par la porte de la fiction. Mon travail d'écriture imposa une métamorphose qui *déplut*, le mot est faible, aux habitants de Rivière-Bleue. Je devins alors la sorcière montréalaise, la traîtresse citadine, celle qui n'avait pas su ouvrir son cœur pour absorber le charme du village, une snob, la rate des villes. Ceux qui m'avaient si gentiment loué une jolie demeure me conspuèrent, et en public s'il vous plaît, via le site Internet du journal. Sans le vouloir, je les avais offensés, piqués dans leur fierté de villageois. Ils se sentirent dupés, ne reconnurent pas les lieux qu'ils habitaient. Mon conte d'Halloween les contraria à un point tel que le maire de Rivière-Bleue parcourut les six heures qui séparent son village des bureaux du journal, atterrit en plein centre-ville et prit rendez-vous avec le rédacteur en chef pour déposer, au nom des villageois, une plainte contre la plumitive que je suis.

Parmi leurs commentaires enflammés, une remarque me troubla davantage que les autres en raison du reproche qu'elle sous-entendait. Il était écrit : « l'auteure n'a même pas eu la rigueur de décrire les lieux tels qu'ils sont », suivi de la recommandation suivante : « retour à l'école du village », où l'on proposait apparemment de me rééduquer et de m'inculquer les bonnes manières. Et pourquoi pas la *strappe* ?

Je n'avais évidemment pas voulu blesser ces gens secrets que j'avais salués tout au long de mon séjour ni porter atteinte à leur amour-propre. Il me déplaisait de les avoir ennuyés, mon but n'étant surtout pas de les insulter. Mais dès qu'il fut question de l'importance d'être fidèle à la réalité, comme si c'était la moindre des choses, un devoir de bon citoyen ou une preuve de savoir-vivre, l'auteure en moi se mit en colère.

La réalité et moi, on ne se doit rien. Nous formons un couple ouvert. D'un côté comme de l'autre, nous refusons l'engagement. Nous flirtons ailleurs, tout en nous fréquentant quand ça nous arrange. Aurait-on idée de confisquer au sculpteur son argile et sa glaise ?

Si j'avais été fiancée au réel, il aurait fallu que je parle aussi de la zone abandonnée qui s'étend non loin de la maison... Vous savez, cette cour cerclée d'animaux délavés et de jouets pour enfants suspendus dans les airs, ces lapins au bout d'un fil rouillé, ce cheval à bascule décoloré jusqu'au plastique, ce caneton malheureux et ces porte-bonheurs oubliés, auxquels s'ajoute une flèche pointant vers nulle part, vers la densité de la forêt. Et que dire de l'étang sans doute peuplé de multiples générations d'écrevisses ? Encore plus que la maison, la cour sentait le drame familial, le crime passionnel. À plein nez.

Quelqu'un pourrait-il me renseigner ? Je voudrais savoir quand, à quel moment, il y eut ce glissement, cette alchimie castratrice qui imposa un rapport maniaque et névrotique à la réalité, comme si celle-ci faisait office de testament de vérité, de jugement ultime, de preuve de bonne volonté. Que s'est-il donc passé pour que la réalité l'emporte, pour que nous la célébrions ainsi, qu'elle devienne à ce point glorieuse et omnipotente ? Le jour approche où les auteurs de fiction seront tenus de révéler la teneur en réalité de leurs textes comme on note le taux d'alcool sur une bouteille de vin : « *La maison* : 43 % de réalité », « *Ruth en rose* : 62 % », « *La beauté de Gemma* : 18 % » et ainsi de suite. À quand une règle mathématique pour calculer la part de réel, de « vérité » contenue dans la fiction ?

Est-ce ce genre d'algèbre que l'on enseigne à l'école du village ?

Bien que j'aie pris d'abord le parti d'en rire, je suis malgré tout devenue susceptible, presque autant que les gens de Rivière-Bleue, mais pour des raisons inverses. Aussi, voici une courte liste de remarques et d'allusions qui, désormais, me font grincer des dents :

1) Me faire demander si ce que j'écris est de l'autofiction, façon chic, depuis Serge Doubrovsky, de s'informer de la teneur biographique d'un texte.

2) Sentir la colère contenue de quelqu'un qui aurait voulu se lire sous les traits d'un personnage de fiction.

3) Entendre, à la sortie du cinéma : « Et en plus le film est inspiré d'une histoire vraie ! », comme si ça bonifiait l'œuvre, comme si c'était une valeur ajoutée, un extra de beurre gratuit dans le pop-corn, un nanane plein de sucre.

4) Les déclarations alarmistes d'un patriarche de la littérature québécoise, auteur canon, un modèle qui, entre

autres, s'inquiète – et juge avec une certaine impudeur – du mode de vie des auteurs de la génération montante en se basant sur leurs romans comme si c'étaient des documents sociologiques bruts, comme si on pouvait mettre tous ces créateurs dans le même panier, comme si Anick Fortin, Grégory Lemay, Alexandre Laferrière et Stéphane Dompierre éprouvaient le même désir de rendre la réalité telle qu'ils la perçoivent, sans la filtrer ou la dénaturer. C'est tourner les coins ronds.

Aussi, je réitère ce droit précieux d'écrire en dehors de l'obsession du réel et j'annonce que, pour moi, la liberté de jongler comme je l'entends avec ce que j'aurai observé du monde qui m'entoure restera primordiale, non négociable et assumée une fois que je serai installée dans le camp de la fiction.

Et puisqu'il est question de fabulation, de chimères et de rendre des comptes au réel, notez bien qu'à Rivière-Bleue, la rivière n'est pas bleue, mais brune.

La maison

À Benoit Jutras, qui connaît l'art de visiter une maison abandonnée comme s'il avait fait ça toute sa vie. D'ailleurs, c'est lui qui m'a dit d'entrer.

Un village oublié, un mouroir, un lieu que l'on quitte comme on se débarrasse de ses dessous dans la poubelle d'une chambre de motel surchauffée après avoir dévalisé le mini-bar, à cause des souvenirs qui reviennent à l'esprit chaque fois qu'on les enfile et qu'on remet les pieds dans cette chambre. On n'y trouve qu'un seul motel, un restaurant, une petite gare reconvertie en boutique d'artisanat où l'on peut acheter un édredon piquant et de vieilles cartes postales écornées. Même si la nuit, à Rivière-Bleue, il fait noir, il est facile de repérer le Cygne blanc pour y louer une chambre. Les rares lampadaires ne sont pas là pour enjoliver le paysage, mais pour éclairer le fossé, pour pointer l'arbre, pour que vous puissiez lire les affiches et rester en vie.

On repère immédiatement deux enseignes lumineuses. Un peu au nord, il y a ce cygne aux plumes cotonneuses qui dérive sur un étang fluorescent. Un lettrage mal choisi hurle que l'endroit est vacant, et qu'il est possible de visionner un film XXX vingt-quatre heures sur vingt-quatre dans une chambre climatisée où l'on gagne le sommeil sous l'œil attentif d'un caniche brodé, logé dans un cadre de mélamine et où l'on s'assoupit entouré de natures mortes, de peintures de lacs jaunis, de paysages automnaux traversés d'outardes toujours bien grasses. En plein cœur du village, la croix de l'église clignote, comme pour annoncer un casino, un bar, un restaurant de pizzas à 99 cennes. À intervalles irréguliers, là où se croisent la traverse et le poteau, un visage de martyr apparaît brièvement. On croit voir le Christ, les yeux virés au ciel, la tête surmontée d'une auréole de néon mauve très lumineux.

Le Transcontinental divise la nuit en trois. Les rails se mettent à vibrer vers deux heures du matin, puis un peu plus tard, à cinq heures. Ça peut être long avant de s'y habituer. De l'autre côté de la voie ferrée se trouve un camping oublié. On fait comme s'il n'existait plus, laissant croître les herbes sur le terrain sablonneux. Dans les racines exhumées, des sauterelles font entendre des bruits de brindilles cassantes et de bulles crevées. Un vieil autobus scolaire rouille au milieu du parc pour enfants. Quelqu'un a arraché le volant et deux ou trois bancs, mais la croix et le petit sapin odorant sont toujours suspendus au rétroviseur.

Comme si de rien n'était, comme si ce n'était la faute de personne.

Tout ici respire l'attente, suggère le passé, l'abdication. Le village s'est immobilisé et la rivière ne court plus. De petites fleurs laiteuses percent l'eau brunâtre dont on imagine mal qu'elle fut bleue un jour. Tout ça pour dire que la maison abandonnée du rang des Peupliers apparaît bien plus à sa place qu'on ne l'est soi-même à essayer d'imaginer ce qui gît dans le jardin desséché.

Au deuxième étage, les rideaux sont tirés. Au premier, des cartons et de la bourre bloquent la vue sur l'extérieur, sauf sur le flanc de la maison où une petite ouverture dans le papier sec suggère que quelqu'un a voulu regarder dehors, s'est senti étouffé, comme piégé dans une boîte. La véranda est en vieux bois gris, on dirait de la cendre vernie, et la porte arrière est déverrouillée. De chaque côté du tapis délavé, les pivoines ont des airs de fougères malades. Les rares personnes à s'être aventurées dans la maison n'y sont pas restées longtemps. À cause de l'engourdissement à la nuque, sensation désagréable qui se manifeste aussitôt la porte refermée derrière soi. La moisissure sans doute, incrustée dans le plâtre des murs, une espèce de fongus aigrelet qui vous prend à la gorge, vous fait suffoquer et entrevoir des déplacements d'air.

Il fait plus froid à l'intérieur qu'au dehors.

Dans le salon, les meubles vieux d'un demi-siècle ont été renversés puis recouverts de draps blancs. Il y eut ici bien des cadres suspendus aux murs, probablement des photos de famille. Des carrés pâles laissent deviner leur emplacement, un ton sur ton déployé dans une palette café crème. La cuisine est vide, à l'exception d'une tasse infectée et d'un chaudron cramé oubliés sur le comptoir. Une libellule aussi longue qu'un petit doigt se décompose dans le lavabo, les ailes détachées en deux larmes coagulées.

Il n'y a plus d'eau dans les tuyaux.

À l'étage, la maison n'a pas été condamnée, comme si l'entreprise avait été abandonnée en cours de route, qu'on avait dû quitter les lieux en vitesse, sans même prendre le temps de verrouiller la porte. Il y a trois chambres : celle des maîtres où, au pied du lit, trois chemises ont été pliées avec soin et méthode ; une autre pour les invités, décorée d'un immense aquarium rempli au quart, bordé d'algues et de mousse jusque sur les parois extérieures. La troisième était occupée par une fillette d'une dizaine d'années qui adorait la couleur rose et l'équitation. Dans ces chambres évanouies, des couches de poussière recouvrent les meubles et le tapis, on la trouve ramassée en boules dans les coins, en pelotes d'une ouate lourde et argentée qui continuent de ballonner avec le temps. Au cours des hivers passés, la poussière près des fenêtres a gelé en plaques. Quand on tape dessus, un bruit sourd s'élève avec un léger décalage et les morceaux fibreux se détachent comme lorsqu'on tranche une figue ou le foie d'un canard.

Par la fenêtre de la salle de bains, on distingue clairement une silhouette affaissée au milieu du jardin – un épouvantail renversé, le visage enfoui dans la terre – qu'on repère d'abord d'un œil inquiet. L'homme de paille est vêtu d'un pantalon d'enfant et d'un petit veston de concours hippique junior. Au fond des toilettes, dans le trou, une musaraigne toute molle est morte d'affolement en tentant vainement de sortir par où elle était entrée.

À moins que ce ne soit une petite taupe effarouchée.

Personne ne s'en fait plus avec ces détails, depuis longtemps.

Reste encore la cave.

De larges plaques de verre sont encore appuyées contre le mur, mais les tubes pastel ont roulé par terre dans un fracas cristallin. On est dans l'atelier d'un homme qui fabriquait des enseignes de néon et aimait les *play-mates*. Le montage étourdissant de pin up aux hanches arrondies, ce patchwork de bimbos ankylosées à l'air enjoué, aux joues empourprées, suggère que celui qui travaillait dans cette pièce est mort bien avant l'avènement du *hard* et de l'épilation complète des corps. On l'imagine enfant, un peu assommé par le spectacle de sa mère castrant les coquelets d'un coup d'ongle, ravi par une simple boule de crème glacée à la vanille balancée dans un verre de Coke, mangée en pyjama le soir sur les marches de l'escalier de la véranda en flattant la tête d'un petit chien bâtard.

Sous la table où il taillait la vitre et manipulait les néons que l'on voit fixés aux cadres des vitrines d'à peu près tous les commerces des villes et villages environnants, de Pohénégamook à Rivière-du Loup, sans oublier Cabano, un vieux tapis industriel où il vaut mieux ne pas se déplacer pieds nus, à cause de la poudre de verre et des tessons disparus dans la fibre. Sous ce tapis, des planches de bois brut, avec des nœuds comme des visages de vieillards tourmentés. Il faut savoir laquelle soulever pour avoir accès à une poignée très discrète, que l'on pousse d'un coup sec en direction du sol, ou plutôt du sous-sol, car on est alors sous la terre, dans un trou creusé comme une cachette secrète où l'on peut déposer son héritage dans un coffre-fort avant d'en faire disparaître la clé dans le tiroir à clous, les journaux intimes d'une vie entière, des lettres d'amour dans une boîte qui a jadis contenu des sablés en forme d'anges, de sapins, de couronnes et de cloches. Des hommes s'y sont réfugiés en temps de guerre, emportant avec eux une radio qui n'a pas capté grand-chose. On peut y abriter une maîtresse. On peut aussi, comme c'est le cas ici, déposer dans ce caveau, respectivement, les cadavres d'une fillette et de ses parents achevés à la carabine. Carabine sur laquelle, en se donnant la peine de chercher, on découvrirait les empreintes d'une femme qu'on a vue, parfois, réserver une chambre au Cygne blanc et attendre la visite d'un homme. Dans une chaudière de métal, près des corps rongés par les rats, on retrouverait les lambeaux carbonisés de sous-vêtements féminins parmi lesquels on reconnaîtrait au moins les cerceaux et l'agrafe d'un soutien-gorge. Une seconde chaudière contenant une mixture chlorée destinée à faire sauter la maison est désormais figée en un ciment blanchâtre.

Le plan de dynamitage a échoué mais la maison, comme le village, comme ce crime, s'enfonce dans l'oubli avec la nonchalance des chaloupes glissant sur l'eau tranquille du lac Beau, à n'importe quelle heure de la journée.

Sur la tête de Johnny Cash

Cette nuit-là, une grosse vague ronde fit rouler un cachalot jusqu'au rivage. Il tournoyait dans l'écume, valsait, on aurait dit un obus flottant. La lune jetait du petit lait sur son dos, comme pour le cuire ou lui peler la peau. Son ventre se déchira au contact des galets et des moules ouvertes, laissant fuir un tapis de sang huileux qui vint se figer dans le sel de l'eau.

Ce 11 septembre 2003, à Saint-Jean-de-l'Anse, on n'en eut que pour le monstre échoué. Au début, on crut apercevoir un de ces petits sous-marins de l'armée américaine qui viennent parfois errer près de la baie, aux limites du village. C'est Elsie, cinq ans, qui la première aperçut le cétacé qui semblait la toiser de son gros œil vitreux. Elle hurla, et ce cri éveilla l'inquiétude de sa mère qui déposait la cafetière sur le rond du vieux poêle, car c'était là une expression de terreur qui ne devait pas sortir de la bouche d'un enfant, un cri tordu par la peur, qui pointait le mauvais nord.

Le monstre était couvert d'une buée grise, preuve qu'il y avait eu gel au sol au cours de la nuit. Sa queue oscillait au rythme des vagues comme s'il vivait encore.

Les goélands virevoltaient alentour, cherchant déjà une brèche où fourrager. Le tricycle d'Elsie gisait renversé, et la petite fille habituellement si ricaneuse flattait le melon du cachalot en sanglotant.

La nouvelle fit le tour du village. On voulut savoir si cela se mangeait ou s'il y avait danger d'empoisonnement, mais surtout on souhaita connaître la raison qui avait poussé le cétacé jusqu'au rivage. Les cachalots ont l'habitude de sombrer comme des épaves, de faire naufrage jusque dans les fonds marins, de descendre doucement parmi le varech et les goémons, d'aller fondre entre les mâchoires molles des oursins. Le globe frontal du mammifère s'emplit d'eau, ce qui crée un contre-poids naturel annulant les aptitudes au flottement du spermaceti – tortillons cartilagineux tapis dans le melon cubique de l'animal. Sa présence sur le sable allait donc à l'encontre de la logique de son espèce.

Au bulletin régional, on vit la mère d'Elsie raconter comment sa fille avait trouvé la « baleine au nez carré ». Qu'allait-on en faire maintenant ? Il fallait d'abord étudier la chose, découvrir l'âge de la bête, effectuer des tests pour savoir si la pollution avait altéré sa santé, parcourir les environs en hydravion, s'assurer que ce cachalot n'était pas l'éclaireur d'un petit clan et, le cas échéant, mettre en branle un moyen de rediriger sa trajectoire vers le large.

Le lendemain, au petit matin, Elsie perçut un bruit inhabituel, une sorte de claquement obstiné mêlé à des cris d'oiseaux de mer. À l'approche du corps de l'animal, une nuée de goélands s'éleva, oubliant derrière elle un nuage de fiente crayeuse, encens urique qui rappelait l'odeur de la chaux. Une ouverture de la taille d'une briquelette avait été pratiquée sur le flanc gauche du cachalot et ses intestins émergeaient en tubes bleuâtres entamés par les coups de becs répétés. Sa tête s'affaissait, ramollie comme un fruit oublié au soleil.

Alors ils apparurent, dans leurs anoraks gris requin, traînant de petites valises stérilisées, remplies de fioles, d'éprouvettes, de gallons de formol, de scalpels et de lames de formats variés et inimaginables allant du couteau plat à la serpe effilée.

— Pourquoi faire des trous dans l'estomac du poisson ? demanda Elsie.

— Nous sommes des biologistes, nous voulons connaître la raison pour laquelle ce cachalot est venu mourir ici.

— Je sais pourquoi il est mort. C'est parce que l'eau goûte trop fort maintenant.

Les biologistes se mirent à deux pour enfoncer un trocart jusqu'au cœur de la bête, dans le but d'en prélever une carotte et d'en analyser ensuite les diverses couches : peau, graisse, muscles, organes internes, périoste, moelle. Déjà, ils avaient installé un mini-laboratoire sur la grève.

La nouvelle de leur présence fit le tour du village en un clin d'œil. Cette baleine était venue jusqu'ici, elle appartenait donc aux gens de la place, à Elsie plus exactement, puisqu'elle l'avait découverte. Aux nouvelles régionales, on diffusa un reportage qui témoignait des points de vue des parties. D'un côté, des villageois en colère, les joues rouges et l'accent aiguisé : « On va pas le laisser aux gens de Tadoussac. Il est venu chez nous et on en fera ce qu'on veut. » Apparaissait alors la petite Elsie qui, de sa voix cristalline, s'avançait en ces termes : « Celui qui le trouve, celui qui le garde. En plus, ils font des trous dans le cachalot puis les goélands viennent le ronger. » De l'autre, tels de sournois prédateurs, les biologistes flegmatiques expliquaient que le squelette du mammifère marin serait exposé au Musée de la mer de Tadoussac, qu'il contribuerait ainsi à enrichir la connaissance sur les cétacés et à sensibiliser les touristes à leur cause, ce qui s'avérerait, à moyen terme, très profitable.

On décida de monter la garde près du cachalot. De vieux marins retraités installèrent des filets et des torches autour du cadavre, si bien que même les oiseaux eurent du mal à s'en approcher. Cette nuit-là, on discuta fort au village. Qu'allait-on faire du gros poisson ? Pourquoi, au juste, y tenions-nous tant ? Allions-nous risquer de le manger ?

*

En rentrant chez lui ce soir-là, le maire fit halte chez Cow-boy, la taverne du village, où il apprit que Johnny Cash venait de mourir à soixante-dix ans passés. Quelques villageois s'y trouvaient et l'endroit était plutôt bien rempli pour un mardi soir, comme si la présence du cachalot et la mort de l'Homme en noir les avaient attirés là où ils pouvaient discuter du naufrage de l'un tout en écoutant l'autre chanter. Au second scotch, le maire sombra dans un état perçant de lucidité et devint intuitif mais vulnérable, un peu comme une femme sur le point de perdre ses eaux. Il se concentra sur les paroles de *One Piece at a Time*, l'histoire d'un simple ouvrier d'une chaîne de montage automobile qui, lentement, se construit une voiture avec des pièces subtilisées à l'usine. Maurice vint s'affaisser devant lui : « Johnny Cash s'intéressait aux laissés-pour-compte, aux petites gens comme nous autres, à ceux-là qui virent fou parce qu'un poisson est venu s'échouer chez eux, comme si c'était une mine d'or. S'il était venu jusqu'ici, Johnny Cash aurait écrit une chanson sur nous autres, assurément. »

La lune, pleine, faisait l'effet d'une hostie déposée sur du velours marine. Le maire descendit jusqu'au rivage où le cachalot gisait toujours dans son abri de filets. Le gardien réagit à son arrivée en criant « halte ! » dans le porte-voix. Puis il montra au maire comment s'approcher du monstre échoué en se faufilant par une fine déchirure opérée dans les cordages. L'œil du cachalot était plus gros que sa propre tête. Une pellicule aqueuse s'était déposée sur l'iris mais on distinguait encore clairement l'expression du cétacé. Le maire lut dans ce regard le fait de la nécessité, une certaine résignation, comme quand on a besoin de quelque chose et que l'on sait que même la foi ne viendra pas à bout du manque à combler, que les prières rebondiront d'un mur à l'autre dans leur propre écho, que la volonté et l'espoir seront mis à l'épreuve, rudement, et que seul le sel du temps viendra patiner les gerçures. Puis, fixant le vieux pêcheur, il comprit pourquoi le cachalot leur importait tant, à eux tous. Il pensa à la multiplication des pancartes « À vendre » et « À louer », proportionnelles à l'apparition de salons funéraires (on en comptait pas moins de trois sur la courte rue de l'Église), de clubs de l'âge d'or, de bingos et de résidences pour personnes âgées. On ne voulait plus vivre ici, on ne venait plus qu'y mourir, et même les cachalots quittaient leurs bas-fonds océaniques pour venir agoniser sur la grève, à Saint-Jean-de-l'Anse, qui s'était transformé en mouroir. Le cimetière étendait son bras vers le quartier résidentiel, bientôt il n'y aurait plus ici que les fantômes de ce que ce village avait pu être. Un camion chargé de troncs de pins passa près de lui sur la route en vibrant. « Il n'y a pourtant qu'ici que les camions laissent derrière eux un parfum de bois », ironisa le maire pour lui-même. Encore dans les vapeurs des scotchs caramélisés qu'il s'était envoyés en série, il revint en courant vers le gardien. « C'te gros poisson, pour nous, c'est une chance de renaître sous une nouvelle identité. Qu'est-ce que t'en penses, mon Pierrot ? » Et le maire jura, sur la tête de Johnny Cash, que plus un centimètre cube de chair ne serait arraché à l'animal « jusqu'à ce que putréfaction s'en suive, s'il le faut ».

Le lendemain, à son éveil, *Ring of Fire* jouait à la radio. En ouvrant les rideaux, il vit que sa femme avait suspendu ses souliers sur la corde à linge. L'odeur réconfortante du café chaud, comme un tonique réjouissant, l'emplit d'une force juvénile. Il s'apprêtait à livrer le dernier combat de sa vie politique pour les gens du coin, ignorés dans leur éloignement et qui retrouveraient ainsi leur dignité oubliée.

Ce jour-là, après de longues tergiversations, il fut convenu par le maire et ses conseillers que le squelette du cachalot serait exposé en un arc impressionnant à l'entrée du village qu'on rebaptiserait L'Anse-au-Cachalot.

Dès lors, une lutte serrée s'engagea entre les biologistes et les villageois. Les premiers proposèrent aux seconds de conserver tout du mammifère, excepté les ossements. Comme preuve de leur bonne foi, ils voulurent même leur léguer la mâchoire… en échange des intestins. Chez Cow-boy, on discutait fort de l'entente quand le maire fit son entrée. « Messieurs-dames, ne soyons pas dupes. Ne nous contentons pas que du mou.

Si ces gens veulent les os, c'est pour les mêmes raisons que nous. Et puis le reste du cadavre ne nous intéresse pas. Nous ne sommes pas des charognards et n'allons tout de même pas consommer la viande d'une baleine malade. Quant à l'huile, nous ne sommes plus au siècle dernier, et ces biologistes semblent ignorer que, aussi éloigné et petit que soit ce village où nous habitons, nous avons l'électricité tout comme eux. Et pour les intestins... L'ardeur avec laquelle ils les réclament ne suffit-elle pas à vous donner envie de ne pas les laisser filer ? Nous sommes des gens fiers et nous tiendrons bon. Santé, messieurs-dames, je trinque à vous tous. Et permettez-moi d'ajouter que ces gentils scientifiques consentent à nous léguer la mâchoire parce qu'au Musée de la mer de Tadoussac, c'est la seule partie de l'anatomie d'un cachalot qu'ils ont déjà. Ces gens s'amusent à compléter un casse-tête, imaginez-vous ! »

Le maire fit le tour du village, prononçant le même discours au bingo du mardi soir, au restaurant, à l'école et lors de la messe du dimanche à l'église paroissiale. Il réveilla un sentiment de fierté chez ses concitoyens, fit ressortir leur côté belliqueux et cela valut le coup : leur cause allait être entendue en cour. Aux nouvelles télévisées, on put lire sur les pancartes des villageois : « Rendez à Elsie son cachalot », « Nous ne sommes pas des charognards », « Ne nous prenez pas pour des poissons », et même « *Free Willy* ».

Les biologistes se rendirent alors voir le maire dans le but de convenir d'une entente à l'amiable.

— Nous sommes des gens civilisés, mon cher monsieur. Réglons cette affaire entre nous. Séparons le squelette en deux.

— Et j'imagine fort bien que, dans votre grande géné-rosité, vous nous laisseriez l'avant du poisson, dont la mâchoire, et que vous vous contenteriez de la partie arrière, c'est-à-dire des intestins et de la queue. Telle est votre proposition ?

— Vous êtes un homme perspicace, mon ch...

— Laissez-nous réfléchir, nous vous convoquerons en temps et lieu. Et de grâce, ne m'appelez plus votre « cher monsieur » comme on s'adresse avec condescen-dance à un vieillard gâteux.

*

« Mon poisson ressemble à une vieille prune, dit Elsie à sa mère en rentrant. On peut l'écraser comme une vesse-de-loup, il échappe un peu de boucane et ça sent la marée basse. Il y a de la mélasse qui fuit par en dessous de sa queue, comme quand je prends une sauterelle dans ma main des fois. Mon poisson est ridé et les mouettes qui volent autour de lui sont mécontentes. Viens voir, maman. » Plus on avançait vers la carcasse, plus l'odeur se révélait un âcre parfum de navigation et de déjection à faire couler les yeux. Le dos du cachalot mamelonnait en kystes douteux et son œil était tombé à l'intérieur de lui-même. Escargots, limaces et moules mauves avan-çaient sur lui pour aller le sucer par le flanc, là où la ponction au trocart avait été pratiquée quelques semai-nes auparavant. Le sable s'était ouvert tout autour du monstre qui, de loin, ressemblait à un immense cercueil abandonné sur la grève. Si on laissait les choses aller, c'était la mer qui le ravalerait avec la marée montante, ou la terre qui l'ensevelirait. Le spectacle avait quelque chose de désolant. Tout ce temps perdu à se demander ce qu'il allait advenir du cachalot finirait par en venir à bout. Le temps était venu de passer aux actes.

*

Soûlé au country, le maire avait plaidé la « cause du cachalot » sans même avoir recours à un avocat. Le soir venu, il allait prendre un scotch ou un café espagnol chez Cow-boy en narrant les événements du jour aux villageois qui, de plus en plus nombreux, sortaient de chez eux pour aller boire un verre. Comme conteur, le maire était inégalable. Il prenait place sur la petite scène et y allait d'un one man show divertissant. Il avait d'ailleurs toujours été bon communicateur, et l'acuité avec laquelle il s'exprimait avait à voir avec le fait que, dans une autre vie, il avait été prêtre. L'amour pour une femme l'avait détourné du sacerdoce, décision qu'il ne devrait jamais regretter. Le procès dura une vingtaine de jours au cours desquels le village s'éveilla de sa torpeur : un journal local fut fondé, on vit une goélette partir à la chasse au cachalot, de vieux pêcheurs se mirent à rêvasser en astiquant leurs harpons rouillés et Willy, propriétaire de Cow-boy, remboursa la totalité d'une dette qui s'éternisait. On en oublia presque la bête elle-même et le pauvre Pierrot qui pleurait l'aigreur des émanations du poisson dans ses filets.

Puis le verdict tomba : le cachalot revenait aux gens de Saint-Jean-de-l'Anse. Un dédommagement important serait versé à la Ville pour les inconvénients causés par la durée du procès. On proposa même aux villageois intéressés une courte formation sur l'art de décoller l'ambre gris à même les parois intestinales de la baleine. Ainsi, ils apprirent que des agrégats se formaient dans le système digestif des cachalots, un peu à la manière des concrétions biliaires chez certains humains. Ils se déposaient dans les cavités et collaient en épaississant. D'autres couches se superposaient tout au long de la vie des cétacés. Comme ceux-ci sombraient en mourant, il était rare que l'on puisse mettre la main sur l'ambre gris. Lorsque la chose s'avérait possible, la pierre se vendait très cher sur le marché du parfum européen. En effet, l'ambre gris entrait dans la composition de certains bouquets. Il fallait fracturer la roche à l'aide de petits marteaux pointus, un peu comme ceux des archéologues, pour pouvoir en apprécier l'odeur, qui présentait une base souple de bois fumé et des accents sucrés de vanilline.

Pour déplacer la chair putréfiée, des grues arriveraient au village d'ici peu.

Malgré l'odeur qui planait sur la grève et enveloppait le village tel un parfum doucereux, un attroupement de villageois descendit sur le sable pour contempler la baleine avant sa disparition définitive. Sous l'action du soleil, du sel marin, de l'humidité et du temps écoulé, le monstre s'était fendu et avait déversé ses intérieurs en un arc-en-ciel rose, bleu et gris. Ses varices dessinaient des labyrinthes sur l'enveloppe diaphane du pancréas et étiraient des feux d'artifice veineux jusqu'au foie. Un écosystème se développait dans les organes du monstre : algues et mollusques évoluaient à grande vitesse dans cette profusion de chair. Les filets protecteurs avaient cédé lors de la déchirure et les oiseaux de mer pouvaient désormais enfouir à leur guise leur petit bec fouilleur dans l'animal défait. Même un chien s'était aventuré jusqu'au carnage et rongeait la queue du cachalot avec voracité. En ouvrant l'estomac aussi vaste qu'un parachute, on découvrirait éventuellement un poulpe long de trois mètres et quelques restants broyés de homard. Cette baleine était un véritable sac à surprises. Mais ce qui impressionna encore davantage les villageois fut ce fœtus asphyxié de la taille d'un cheval qui avait roulé sur l'estomac pourpre de sa mère.

On fit d'abord blanchir les os au soleil pour bien les dégraisser, puis ensuite à la chaux afin de les assécher. Ceux du fœtus furent déposés pêle-mêle dans une boîte, que l'on envoya aux biologistes avec ce mot : « Un puzzle miniature vous attend, la mâchoire en moins. Nous ne sommes pas sans savoir que vous possédez déjà ce morceau. Vos amis de l'Anse-aux-Cachalots. » Le recours au pluriel dans la toponymie finale avait quelque chose de frondeur. L'impudence des villageois se manifestait dans toute sa splendeur, toute contenue dans la simple marque du pluriel. Deux humbles lettres. Et vlan.

La venue du cachalot avait viré le village à l'envers. Toute cette agitation, ces enjeux de fierté, ces luttes territoriales et ces bouteilles vidées chez Cow-boy sur des airs de Johnny Cash pour une baleine fécondée trop jeune et qui, sentant son heure approcher, avait dérivé vers la terre ferme en ayant la folie de croire que les hommes seraient en mesure de sauver son petit. C'était mal les connaître, eux qui, encore ivres et envoûtés par les vapeurs d'ambre gris, buvaient à leur victoire leur paye chez Cow-boy en massacrant *The Beast in Me*.

Cette nouvelle a remporté le Prix de la Bande à *Mœbius* 2004.

Ruth en rose

Dans cet appartement, tout jurait, mais qu'est-ce qu'on y était bien ! Vu de l'extérieur, c'était un bloc blanc, presque un blockhaus, moucheté de briquelettes rousses qui rappelaient les origines italiennes du proprio. Nous habitions tout en haut, sur le même palier qu'une femme en robe de chambre qui passait ses après-midi à donner du thon à notre chat, et ses soirées à discuter avec un homme qu'elle appelait Sauveur. Le mur mitoyen assourdissait sa voix tissée de névroses et de médicaments.

Je vivais avec un couple à la dérive, Fifi et Rabbi, qui s'étaient, la veille, balancé des assiettées de spaghettis jusque dans les rideaux du salon. Je travaillais de nuit à l'époque. Il m'arrivait fréquemment de manger de la poutine juste avant de me mettre au lit, et d'en commander une autre à mon réveil. Les contenants en *styrofoam* s'empilaient et ça avait quelque chose de rassurant. Chaque matin, en rentrant, je prenais une photo depuis la fenêtre de la salle de bains qui surplombait la ruelle et donnait sur une église. À ce rythme, j'étais déjà passée à travers quatre appareils jetables. Je collais ensuite ces photos prises vers six heures sur le mur de la cuisine en une sorte de collection sans but, à l'image de mes journées et de ma vie. Nos activités préférées consistaient à organiser des beuveries, à boire du café sur le balcon, à visionner des émissions sur les animaux de la jungle, à réécouter les films de Fellini et à ne pas faire la vaisselle. J'avais de longues discussions avec Rabbi à propos de mon refus de regarder un zèbre se faire dévorer la cuisse par un caïman. Lorsque le zèbre hennissait aigu en s'affaissant, l'eau s'empourprait du sang versé qui remontait à la surface en galettes. Je justifiais cette répulsion en invoquant mes observations sur la pêche. Nous ne tuons sans malaise que les animaux muets. Nous ne pourrions tolérer la pêche si les poissons manifestaient leur souffrance par des sons, s'ils pouvaient hurler de douleur devant l'étrangeté sauvage à laquelle ils sont soumis une fois arrachés à la rivière.

Sortir un poisson de l'eau, c'est comme y noyer un oiseau.

La femme d'à côté avait le contrôle du chauffage de tout l'étage, aussi passions-nous nos hivers en tenue d'été. D'ailleurs, ce jour-là, quand j'avais entendu cogner à la porte, j'avais cru que c'était elle. Je ne souhaitais pas répondre. Il y avait trop de supplication dans son regard, ça me rendait mal à l'aise. Moi aussi je trouvais les après-midi des jours de semaine anxiogènes, je savais très bien pourquoi elle prenait toutes ces pilules, je comprenais qu'elle les mette dans sa gorge et les avale. Ça lui donnait le courage de se rendre jusqu'à ma porte. Elle parlait du chat, je lui disais d'arrêter le thon en conserve, il s'en vomissait l'âme. Ensuite, elle voulait que je descende son sac à ordures au quart plein et il fallait s'engouffrer dans un escalier chambranlant qui me donnait des étourdissements, j'en restais figée de peur. Un jour, elle m'avait demandé si j'aimais *My Heart Will Go On* de Céline Dion, j'avais répondu que je ne la connaissais pas. J'avais aussi remarqué qu'elle faisait jouer *All By Myself* en boucle, ce qui me réveillait tous les jours, le mur en tremblait et mes photos de la ruelle à six heures du mat' se décollaient et tombaient par terre en virevoltant. Tout cela coïncidait avec le départ de Sauveur. Je l'apercevais traînant dans la rue. Une fois, il avait heurté une borne-fontaine, bien fort. Peut-être portait-il un œil de vitre. Cela aurait expliqué, en partie, l'immobilité de son œil droit. Sa peau était grise et sa moustache, tachée de nicotine.

On aurait dit qu'il transportait une pierre dans son ventre.

On cognait donc à la porte. Quelqu'un cherchait à la défoncer avec son poing. Sans faire de bruit, en étouffant mes pas, je m'étais approchée. Maintenant, on grattait. Des ongles sur le *plywood*. Par l'œil-de-bœuf, j'aperçus une petite femme, une brindille, l'air agité, nu-pieds. Elle se mit à frapper de nouveau. J'entendis la voisine s'avancer jusqu'à son œil-de-bœuf et entrouvris ma porte avant qu'elle n'alerte la police, comme le jour où le livreur de poutine était arrivé alors que j'étais sous la douche et qu'elle l'avait jugé suffisamment louche pour téléphoner au poste. Je n'avais jamais vu cette petite femme frêle et bruyante. Elle avait approché son visage du mien, avait ouvert très grand la bouche et plissé les paupières sans émettre aucun son, semblable à une carpe qui meurt. Puis elle s'était mise à sautiller sur place, à faire des gestes secs avec ses bras étroits, des gestes qui pointaient vers le bas, des contorsions m'invitant à la suivre dans l'escalier, à venir m'abîmer avec elle.

Cette femme était muette. Elle avait autant de ridules que de cheveux blancs. Et un drame se jouait à quelques étages de là.

En descendant, nous avions croisé Sauveur, une gerbe de cœurs saignants dans une main et, dans l'autre, une paire de souliers pour jouer aux quilles. Son mégot de cigarette fumait encore dans l'escalier, la petite femme allait poser son pied nu dessus et j'avais voulu l'avertir mais, apparemment, en plus d'être muette elle était sourde. J'avais mis ma main sur son épaule pour la mettre en garde et son cœur avait eu l'air de faire plusieurs tours sur lui-même. Elle avait les pupilles dilatées, personne ne devait jamais la toucher, et cette épaule m'avait parue noueuse et comprimée.

Nous avancions vers le sous-sol. J'avais toujours cru que c'était un local réservé au concierge, un endroit où Monsieur Vito, le propriétaire, entreposait sa tondeuse à gazon, sa souffleuse et ses vieux *Playboy* des années 60. Mais des gens vivaient là, deux femmes, Margot et Ruth. C'était écrit à la main sous la sonnette, au Bic bleu, des lettres détachées qui penchaient outrageusement vers la gauche, comme attirées par un aimant. Elle avait arrêté sa course deux petites secondes fragiles, le temps de pointer « Margot », puis elle-même. J'ouvris la bouche pour me présenter à mon tour, mais est-ce que tous les sourds-muets savent lire sur les lèvres, je n'en sais trop rien. J'en déduisis qu'il devait être arrivé quelque chose à Ruth.

Un bruit râpeux et régulier, la télé à son point neutre, grouillante d'une neige pixélisée, emplissait tout l'appartement. Quelqu'un avait poussé le volume au maximum, Margot peut-être, sans s'en apercevoir. La première chose que j'avais notée, c'est ce bibelot tombé par terre, brisé, un dauphin en porcelaine recouvert de cailloux qui changent de couleur au gré du temps qu'il fait. Mais Margot et Ruth avaient condamné la fenêtre pour ne pas que les passants épient leur quotidien, et l'obscurité environnante privait ainsi l'objet de son utilité. Ce n'était donc pas une si grande perte.

Près de la bibliothèque, les choses s'étaient gâtées davantage. Écrasée sous le poids d'une télévision énorme et ancienne – véritable vestige en faux bois et en faux chrome qui pèse une tonne – gisait une femme obèse vêtue d'un pyjama rose agitant misérablement les bras et les jambes : Ruth.

Tout d'abord débrancher la télé. Ensuite, ignorer le grotesque de la situation, ne pas rire, et me concentrer sur les gémissements de Ruth. Libérer Ruth. Soulever la télé sans l'échapper sur moi. Il fallait aider cette femme, qui devait avoir les poumons comprimés là-dessous, le genou défoncé ou des ecchymoses, je ne sais pas car les télés, jusqu'ici, ne s'étaient jamais abattues sur moi. D'ailleurs, quand j'y pense, peut-être que ça suffirait à me tuer.

Pour Ruth, ça allait. C'est la télé qui semblait avoir le plus souffert de la chute. Ruth s'était relevée, avait coquettement replacé une mèche derrière son oreille en me remerciant. Margot était affairée dans la cuisine, elle faisait bouillir de l'eau. Sur une chaise, dans l'angle, les deux femmes avaient installé des dizaines de poupées, le visage emballé dans des sacs transparents noués autour de leur cou. Tout ça avait quelque chose d'absolument déprimant. On aurait dit un charnier de petites filles mortes asphyxiées le sourire aux lèvres. Je ne savais pas quoi dire à cette femme, et tout ce que j'avais trouvé, mis à part « ça va », c'était :

— Pourquoi leur avez-vous mis un sac sur la tête ?

— La poussière, toujours la poussière, partout, qui s'accumule et finit par gâcher ce qu'on aime le plus au monde. Damnée poussière !

Le thé était prêt. Margot avait aussi sorti les biscuits Social Tea et nous les faisions ramollir dans nos tasses de Salada fumant. Il y avait du citron et du sucre, des *peppermints* roses comme le pyjama de Ruth, qui portait une bavette pour boire son thé. Les deux femmes, habituées au silence, mangeaient sans le forcer. C'était un bruit blanc et feutré, comme dans un magasin de tapis la nuit, et moi non plus je ne le brisai pas, ce silence d'après les orages et les drames.

Ensuite, j'étais remontée chez moi, au quatrième étage. Mais maintenant que je les savais tout en bas, ces deux femmes dépourvues, j'allais toujours m'inquiéter un peu pour elles. Le mégot de Sauveur avait cramé le coin d'une marche et la brûlure dessinait une tête de mort floue. En m'entendant arriver, la voisine de palier avait laissé sortir le chat, dans une sorte de mise en scène où celui-ci jouait le rôle de l'animal domestique qui s'était échappé puisque j'avais négligé de fermer la porte derrière moi. Mais à le voir se pourlécher les babines, il était évident qu'il venait de dévorer une boîte de thon.

J'étais lasse, tout à coup.

Je n'étais, moi aussi, qu'un autre personnage qui apprenait à tomber, et le moment où les objets du quotidien se retourneraient contre moi n'était plus si lointain.

Protéger Lou

« La mort du Christ-cheval ne pourrait-elle
pas représenter la mort de tout ce qu'il y a
de pur et de noble dans l'homme ? »

Curzio Malaparte, *Kaputt*

Les chevaux attelés à une calèche dans les zones
touristiques de la ville traînent en secret une culture et
un pan négligé de l'histoire – c'est ce qu'il y a de plus
lourd à porter. Garlen Lou trottait aux États-Unis jusqu'à ce qu'un souffle au cœur ne le ralentisse dans sa
course. Il a toutefois conservé son ego d'animal rapide et
fier, on lit FL133 sur son encolure marquée au fer rouge.
Born in Florida, il trouve les hivers longs, n'a de copinage
avec aucun autre cheval et sa fesse triangulaire est si
soyeuse que je ne peux m'empêcher de le flatter chaque
soir avant de quitter l'écurie, comme un rituel secret. Il
est si délicat et racé à côté des Percherons, des Belges,
des Clydesdales et autres énormes bêtes de trait qu'en
comparaison on pourrait le croire poulain, et ma main
glisse en partant du garrot jusqu'à l'attache de la queue,
suit sa colonne comme si j'égrenais un chapelet, massant chacune de ses vertèbres. Lou est d'une douceur
exaltante, il ferme les yeux, mâchonne ses dernières
bouchées de pomme et, immanquablement, lorsque je
m'éloigne de lui, se tourne vers moi et plante deux billes
opaques dans mes yeux. Hurlant la désuétude de sa race

– le Standarbred –, il me regarde comme aucun humain ne m'a jamais observée ; Lou voudrait être ailleurs. Il faut chérir ce trotteur. Le protéger. Veiller à ce qu'on lui réserve la calèche la plus légère, ne jamais l'atteler aux *horse killers*, ces corbillards qui pèsent une tonne, lui permettre de doubler les autres chevaux et le laisser trotter aux intersections. Faire croire à Lou qu'il gagne chaque fois, le laisser s'emballer un peu – mais pas trop. Sourire en coin quand les autres grincent des dents parce que Lou, fiévreux et caractériel, les dépasse une fois de plus. L'orgueil de mon cheval a déteint sur moi, je me prévaux de sa vitesse et de sa fougue.

La nuit, dans les écuries de chevaux de calèche, les bêtes dorment couchées dans de petits entre-deux qui les griffent aux flancs, étendent leur tête sur la paille, fourbues comme les juments pleines et les animaux mourants. Lou soupire très fort comme si c'était sa dernière expiration. Ça se passe autrement dans les écoles d'équitation. Les chevaux de selle somnolent debout dans de grands boxes couverts de *rip* moelleuse en reposant une de leurs pattes à la fois. Ces chevaux-là savent mentir, peuvent feindre une boiterie pour ne pas qu'on les monte un jour de pluie et se tromper de patte le lendemain. Les chevaux de selle sourient parfois en cachette ; ceux de calèche pleurent en silence sans pouvoir aller nulle part. Comme pour les humains vieillissants, on voit leurs joues tomber et leur dessiner une mine triste. Ce sont les plus gentils et les plus admirables. Les jarrets écorchés, l'épaule surdéveloppée, l'air chagriné et les flancs dégarnis, usés par le cuir du harnais : voilà à quoi on reconnaît un cheval de calèche. Malgré les déshonneurs, certains restent fiers, comme Lou. On pourrait mettre sa photo dans le

dictionnaire à côté des mots « dignité », « distinction » et
« noblesse ».

La première fois que je suis entrée dans l'écurie des
chevaux de calèche et que je les ai aperçus, tous couchés,
affaissés, l'idée me vint qu'on les avait froidement abat-
tus. Ces animaux-là ne dorment pas parce que la nuit
s'est déclarée, ils s'écrasent sur le sol, échinés. La première chose que fait un poulain sitôt libéré du sac de
chairs vineuses qui maintenait ses pattes liées est de se
mettre debout pour aller respirer le flanc de sa mère,
voler un peu de sa moiteur, se réfugier dans son ombre
et boire son lait.

Les chevaux se couchent pour mourir après être
tombés. On les allonge ensuite sur un établi, dans des
abattoirs, avant de les découper en quartiers. On ne sait
désormais plus quoi faire d'eux alors sottement on les
mange. Lorsqu'un cheval de calèche veut dormir, il s'é-
croule dans la paille souillée et toujours j'accours vers lui,
le cœur chaviré par la peur qu'il soit en train de mourir,
pour constater, encore une fois, la fatigue de ces chevaux
de trait que je gave de pommes à la mélasse. Un cheval
qui s'étend par terre est un animal qui n'a plus d'espoir,
qui ne rêve plus tant il dort profondément. C'est une
bête qui a désappris la nécessité de se tenir debout dans
l'éventualité d'une fuite parce qu'elle se sait captive et
oubliée, un animal qui souffre d'avoir dû déprogram-
mer ses instincts, qui s'aperçoit chaque jour un peu plus
que sa culture chevale, que le legs des équidés remontant
les siècles jusqu'à l'Eohippus, son ancêtre à griffes, ne
lui est plus utile. Quand ces animaux-là s'éveillent avec
l'aube, ils reviennent de très loin et il faut éviter de les
brusquer.

Que les chevaux dorment allongés sur le sol est un signal, le signe que la logique des choses a été renversée et que personne n'a rien dit. La sagesse du cheval est bouleversante. Si vous regardez ma bête dans les yeux, longuement, sans vous presser, vous ressentirez d'abord une sorte de ravissement esthétique et un désir irrépressible de la toucher parce qu'elle est de la couleur du chocolat noir ou des cafés espresso, que sa robe est onctueuse. Vous aurez alors envie de suivre du doigt toutes ces petites vallées chatoyantes autour de ses muscles, vous constaterez, ravi, que mon animal semble cousu de velours, et ses yeux espiègles vous donneront l'envie de passer votre main sur son front honnête, piqué de quelques poils pâles : Lou est un bloc de splendeur et d'innocence brutes. Vous voudrez l'approcher parce que la grâce magnétise, et que tout humain est sensible à la beauté lorsqu'elle provient de la nature ; soudain vous n'aurez plus peur des chevaux. Si vous les regardez jusqu'au fond de la pupille, leur taille ne vous intimidera plus. Mais l'étape qui suit est douloureuse, car non loin de la grâce croît la honte, et vous aurez honte d'avoir laissé faire *ça*. Quoi exactement, on ne peut le dire, c'est un sentiment aigre et désespérant, une impression mauvaise, comme le goût du moisi quand il surprend ou l'impulsion qui nous pousse hors du lit de quelqu'un, même l'hiver en janvier à cinq heures du matin, avec l'intuition que le monde n'est pas en ordre. Vous comprendrez alors à quoi sert la musique country, et pourquoi c'est ce qui joue dans le garage où l'on range les harnais.

Ce n'est certainement pas moi qui irai vous consoler, car je serai occupée à protéger Lou, à panser ses pattes, à frictionner l'arc de ses jarrets à l'Absorbine, à nettoyer ses yeux avec un peu d'eau tiède. Vous ne vous serez même pas aperçu du voile bleu sur son œil droit qui présage l'arrivée du glaucome. Lou n'a plus cinq ans, vous savez.

Aussi obsolètes sont les humains qui gravitent autour de ces chevaux. Il y a toujours trois histoires dans l'aura d'un cocher : la légende épique qu'il s'est inventée sur lui-même pour se protéger de la vérité, s'en éloigner et survivre au réel. Il y a ce que les autres disent de lui, ces histoires murmurées derrière une botte de foin près du ruisseau, après s'être assuré que ni son cheval ni sa calèche ni son ombre ne s'y trouvaient, des rumeurs amplifiées, transformées en contes très sombres issus de la mauvaise graine qu'il y a en chacun de nous. Et puis il y a la vérité sur ces personnages blessés et hypersensibles, ravagés, orgueilleux et désorganisés. Au-delà des ragots magnifiés, il y a ce que l'on découvre en les fréquentant. Ceux qui s'en tiennent au réel sans s'inventer un mythe sont les plus touchants mais aussi les plus malheureux, ils vivent dans des caravanes rafistolées autour de l'écurie en lambeaux où l'on vient tourner des scènes scabreuses de téléromans québécois et gèrent un petit commerce de drogues dures.

L'été où je fis la connaissance de Skinny fut l'été du crack et de la *free base*. Ses yeux comme des boules de cristal annonçant la manne, la fin du cauchemar et le début d'une caresse, ses yeux enfin libérés de leur opacité, ses yeux humides convaincus que toutes les trahisons et les mauvaises actions seront blanchies, que les injures seront effacées, Skinny rassuré sur le sort des enfants illégitimes faits à la va-vite dans des ruelles du quartier

Pointe-Saint-Charles, le nez enfoui dans la nuque de l'autre, trop soûl pour penser à mettre une capote.

Le charisme de Skinny, veillant sur le seuil du *crack house* une fois gelé, et donc apaisé, me renversait. J'aimais m'approcher de lui lorsqu'il s'explosait au crack. La main encore tiède de la chaleur de Lou, j'avançais jusqu'à sa caravane avec deux bières qu'il décapsulerait de sa dent noircie, pour aller me perdre une fois de plus dans le cristal de ses yeux où la grâce venait se loger durant quelques heures fragiles et extraordinaires.

Mais dans ce haut lieu de souffrance et de tristesse, l'aube s'obstinait à entrer par la fenêtre sale, elle pointait ses roses et larguait ses faisceaux mauves, traversant les toiles d'araignée pour se faufiler jusqu'à nous, encore, le jour finissait toujours par nous trouver. Quand l'aube venait, il était temps d'abandonner Skinny. Je passais en fantôme dans l'écurie, une dernière fois, pour écouter le souffle régulier des bêtes endormies, des chevaux affaissés, me retenant de poser, même délicatement, la main sur la croupe de Lou et sentir, collé à ma paume, le cuir échauffé de sa peau car ça l'aurait réveillé, il se serait alors mis debout et tous les autres avec lui comme une vague qui naît, ça aurait gâché cette heure calme comme un cocon de paix tissé dans la nuit, cette heure pâle où une nouvelle journée veut poindre, annonçant que la vie l'emporte une fois de plus, ce moment de rare tranquillité qui suit le départ des cochers de nuit et précède l'arrivée des palefreniers du petit matin. Entre quatre et cinq heures, la grâce quitte les yeux de Skinny pour entrer dans l'écurie, doucement déployée comme une respiration bienveillante, et je marche dans l'allée en pleurant parce que les chevaux sont à la fois magnifiques et recrus, parce qu'ils sont déjà désuets, en sursis, qu'ils s'en vont en une triste parade silencieuse et, avec eux, un chapitre complet de l'histoire.

Lorsque j'enfourche mon vélo et entreprends de rentrer chez moi en longeant le canal pour traverser, une fois de plus, le Vieux-Montréal, je sais que Skinny trouve sa vie misérable, je le sais plus lucide que jamais, je sais qu'il pourrait encore une fois, comme il y a deux ans, se tirer dans le genou pour éviter de viser le chien ou de se mettre une balle dans le crâne, je sais que Skinny n'ira pas retrouver, comme moi, le réconfort auprès du souffle des bêtes. Je sens qu'il n'en peut plus de l'odeur du soleil qui revient comme une offense, qu'il en a marre de ses vieux draps mordus par les mites. Je sais qu'il voudrait s'assommer avec son unique poêle, et que sa caravane lui apparaît comme une cellule de prison. Skinny va vomir dans le ruisseau contaminé où sont noyés les chatons, il expulse une flaque discrète qui descend comme un poids mort dans l'eau noire et stagnante.

Le lendemain, vers seize heures, alors que je serai affairée à curer les sabots de Lou, Skinny s'approchera sans faire de bruit pour me surprendre :

— Hey, t'as un' crisse de beau cul, tu t'entraînes-tu ?

— Skinny, qu'est-ce que tu fais là ? Il y a une calèche au mur, est-ce que c'est la tienne ?

— Je suis pas attelé aujourd'hui, me dira-t-il, le visage rougi et le regard vitreux, mon boss m'a suspendu, *fucking bastard*, il dit que je suis trop *scrap*, il veut que j'arrête de me *doper* pis que je lui rembourse une dette. T'as pas un peu de *cash*, Sexy, faut que j'aille prendre l'autobus.

Alors, des yeux, je ferai le tour de l'écurie pour m'assurer que je ne suis pas seule avec Skinny, parce qu'on m'a déjà prévenue qu'il est violent une fois soûl, bagarreur lorsque désœuvré. « Reste pas seule avec lui dans l'écurie », m'a-t-on déjà avertie. Mais un *helper* charrie des sacs d'avoine et le Percheron de John est dans l'allée, alors celui-ci ne doit pas être bien loin…

— Je peux te donner des tickets si tu veux prendre le métro, je…

— *Fucking hey !* Faut que j'aille à Pointe-aux-Trembles voir ma femme pis mes quatre enfants, hurle-t-il. La dernière fois y a fallu que je revienne à pied, j'ai longé la voie ferrée pendant cinq heures avant de me rendre, y avait des trous dans mes souliers, j'm'ai presque évanoui… *Come on*, Marie, passe-moi 40 piastres pis je te les remets demain. *I promise.*

— Câlisses-y don' patience, Skinny ! ordonne John. Va te soûler en quelque part pis laisse la p'tite tranquille.

— Qu'est-ce tu crois, là, John, que le boss m'a suspendu ? Ben non, ma charogne boite encore, faut que j'y donne un *break*. C'est pour ça que j'suis *off*.

Comme tous les cochers, c'est de lui qu'il parle quand Skinny décrit l'humeur et les mille petites douleurs de son cheval. Il s'éloigne façon matou galeux chassé par une mégère, en donnant des coups de pied aux objets qu'il croise sur sa route : vieilles bouteilles de bière, brosses poussiéreuses, cailloux, chaudières brisées, poches de chaux, bouts de cuir, pigeons éventrés, vidés par les chats.

Je tresse la fine crinière de Lou, mes doigts agiles fouillent ses crins. Je connais ses rosettes par cœur. Au milieu de la tresse, j'élève les yeux au-dessus de son encolure pour observer Skinny. Vient d'avoir quarante ans mais on lui en donnerait vingt-deux, sa démarche féline brisée à chaque pas par un discret boitement qui part du genou, accentué les jours humides, beaucoup de style, la beauté sombre des junkies, un charme fou pour parvenir à ses fins, de grandes mains calleuses qui jurent avec sa minceur, des yeux transparents, descendant direct de la lignée déchue d'Irlandais *trash* qui vivent dans Pointe-Saint-Charles, anciennement Griffintown. Skinny a rafistolé le box de son vieux canasson avec des planches vertes et blanches ornées de trèfles, chipées dans le quartier après la Saint-Patrick. Il conduit une calèche mauve attelée à un cheval immaculé, angora et vieillissant. C'est une loi tacite : on réserve les calèches roses et les chevaux blancs aux cochers démotivés afin qu'ils puissent faire un peu d'argent eux aussi, pour que, de loin, les petites Américaines se mettent à fantasmer en pensant à leurs pouliches pastel et au cheval blanc de Barbie oublié dans le sous-sol de leur *post-war bungalow*, pour que ces petites filles de touristes fassent une scène à leur *daddy* jusqu'à ce qu'il consente à monter à bord. « *Hi, my name is Princess and this is Mike* », dira Skinny déjà assuré d'un bon pourboire.

Le jour de ma première rencontre avec lui, le soleil tapait fort et nous cuisait la peau des épaules, midi approchait, et nous avions décidé de rentrer à cause de la chaleur. Mais avant de quitter les lieux, je voulais que quelqu'un applique un peu de crème solaire sur mon dos et, téméraire sans le savoir, je m'étais adressée à lui. Il n'y avait que nous au stand. C'était mon premier été comme cocher et je ne l'avais encore jamais vu. Il était apparu comme ça, au beau milieu d'un mois de juillet caniculaire, souriant mais ténébreux. Un petit nuage noir le suivait partout où il allait, mettait de l'ombre autour de son ombre, un nuage comme une épée de Damoclès, une menace d'orage et de douleur, et il faisait tout son possible, aurait-on dit, pour ne pas que ce nuage l'empêche d'apercevoir le ciel. Tous lui avaient souhaité un bon retour, à mots couverts, sans s'informer des détails, comme s'ils partageaient un secret avec lui. La crème dansait entre ses doigts qui embrassaient mes clavicules. Skinny me caressait, et je consentais. J'étais surexcitée par le mélange éblouissant des odeurs : cuir échauffé des harnais, sueur des bêtes, parfum connu de l'asphalte brûlant, poussière collante, crème solaire *cheap* au coconut, fleurs à profusion devant l'hôtel de ville. Mes seins s'étaient durcis sous ma camisole blanche et je sentais son sexe dressé contre mon dos, nous basculions vers quelque chose d'indécent, comme si soudain le souvenir d'un dos aimé/haï s'était superposé au mien, comme si le soleil et la chaleur nous avaient temporairement aveuglés Skinny et moi. Il se mit à exagérer le massage, ses doigts entraient dans mes os, ses mains fouillaient mes vertèbres comme on vérifie les poches de quelqu'un que l'on suspecte de trahison, jusqu'à vider son portemonnaie, comme on déplie en cachette une ribambelle de petits papiers à la recherche d'un nom compromettant ou d'un numéro de téléphone. C'était absurde, on se connaissait à peine. Alors je lui ordonnai de cesser. S'il avait été cheval, j'aurais tiré fort sur les rênes pour le déstabiliser.

Lorsque je me tournai vers lui, inquisitrice, les sourcils froncés, je constatai que nous étions entièrement recouverts par l'ombre de son nuage violacé, que ses yeux n'étaient plus bleu glace mais plutôt de la couleur du métal, et que l'ombre du nuage se réverbérant dans son regard occultait tout le reste. J'eus très froid tout à coup, je me sentis menacée, même en plein jour, en pleine rue, en pleine zone touristique. Je remontai alors dans la calèche pour fuir Skinny et son orage. Il lança :

— Attention, Sexy, tu vas brûler tes belles fesses sur le banc de cuir en t'assoyant.

En me sauvant au petit trot de parade, je notai avec stupeur que même son cheval était bandé. J'appris cet après-midi-là, en écoutant les ragots des autres cochers (de retour à l'écurie à cause de la chaleur, mais aussi de l'orage qui s'était déclaré sans s'annoncer), que Skinny avait été incarcéré pour crime passionnel, qu'avec septembre viendrait sa sentence et qu'on pouvait s'attendre au pire, qu'il était venu se mettre un peu de fric dans les poches pour « sa cantine », pour quand il s'en retournerait « en-d'dans ».

Skinny était donc, comme les chevaux, en sursis.

Le quartier où vivent et mourront Lou, Skinny et les autres est affligeant et dévasté, une zone paralysée qui les regarde disparaître, en témoin muet. Les loyers sont modiques, je connais un malade du sida qui s'y est installé pour finir ses jours dans un huit et demi, où il se sent à l'abri, où il fait pousser des fleurs impossibles, entretient des plantes tropicales et des poissons exotiques qui ne passeront pas l'hiver, tout comme lui. Il chante l'opéra sur la mezzanine, en italien, ses joues se creusent, il ne quitte plus sa robe de chambre qui semble suspendue sur du vide, ne prend même plus la peine de se raser et de poudrer son visage. J'ai compris qu'il n'en avait plus pour très longtemps en constatant qu'il s'était débarrassé de tous les miroirs de l'appartement pour mieux ignorer l'étape qui approche. De chez lui, on entend le pas des chevaux de calèches qui rentrent au bercail, il y a cette odeur de cuir et de merde, d'écurie mal entretenue. L'ammoniac de l'urine des bêtes s'élève en un parfum qui vous prend aux bronches, vous pique le nez, et cette odeur aigre colle aux flancs de ceux qui vont disparaître, s'attache à leurs pas comme une présence funèbre. Dans ce segment du quartier Pointe-Saint-Charles, les chats cachent leurs petits dans des buissons chenus, il manque des plaques de poils aux matous qui doivent combattre des marmottes musclées, bien à l'abri dans des cimetières de ferraille où les clochards vont chier ou se masturber loin des regards, montagne organisée, amas de chaises, vieilles tables, pièces d'automobiles, moteurs de bateaux, sécheuses brisées, mobilier de restaurant, tringles en métal tordues, ailes d'hélicoptères, restes d'accidents – il y a même une chaise roulante et un brancard –, paniers de centre commercial, dactylo Remington *vintage*, patère démantibulée, vélos volés sans raison, meubles abandonnés, segments de gouttières, et tous ces objets oubliés qui évoquent un projet avorté, un rêve de vente de garage, un désir d'encan, comme si on avait voulu s'en défaire mais qu'on s'était ravisé… La rouille comme un indicateur de défection. Ici il y en a plusieurs couches, le métal est roussi et grinçant, un clan de mouffettes bienheureuses hante aussi ce château de fer, dévoreuses de rats et d'oiseaux dont on pourrait retrouver quelques carcasses si on se donnait la peine d'aller fouiller ce nid d'objets disparates et sans âme.

Quand le décor est mis pour l'aube et que je rentre chez moi, il faudrait que j'arrive à croire que l'on va protéger Lou et qu'on laissera Skinny dormir tranquille ; il s'endort au moment où les chevaux ouvrent les yeux, et je souhaite très fort, sur le chemin du retour, que personne ne les brusque. Il n'y a plus aucune pomme dans mon sac, et j'ai glissé cent piastres dans les souliers de Skinny. Je suis aussi vide que le sac sur mon dos, mais j'ai encore plein de fric dans ma poche et porte encore le sort du monde sur mes frêles épaules, comme si je traînais ma propre calèche derrière moi.

Je souhaiterais ne jamais avoir vu le soleil, et c'est la raison pour laquelle je pédale aussi vite. Je reviens dans le Centre-Sud, gravis les marches de l'escalier comme si je montais celles de l'Oratoire, parfois je me sens si détruite et vulnérable que je monte à genoux. J'entre, les mêmes zombies sont encore là. Je sens aussi mauvais qu'eux mais une odeur différente, celle du cuir sale et de la rouille, la poussière mêlée à ma sueur faisant comme une pelure de crasse sur ma peau. Je suis pâle, mais la pitié n'entre pas en ces lieux, la rue Ontario au grand complet a été vidée de toute la tendresse qu'elle a peut-être déjà contenue. Ça coûte cher et il y a du sang sur le matelas, une aura de saleté comme une deuxième vie par-dessus les motifs à fleurs. Des gens dont on ne sait trop s'ils dorment ou s'ils agonisent sont étendus dans chaque coin. Ici, c'est chacun pour soi. Je la verse dans une seringue exactement comme quand je donne de la Butazone à Lou pour soulager sa boiterie, le même geste rapide et précis, le même claquement d'ongle contre le plastique de la seringue pour vérifier la dose et m'assurer qu'elle viendra gicler dans mon sang par petites impulsions, que tout est fin prêt. J'abandonne le bout de cuir ramené de l'écurie et la seringue, quelque chose se met à pulser en moi, quelqu'un pleure mais je m'en fous, je n'entends plus la souffrance du monde et le bruit de parade militaire que font ceux qui quittent la scène. Il n'y a plus que ma propre fébrilité et ma jubilation qui comptent, je suis dans mon coin et je ne laisserai personne gâcher ce moment de climax. Rien ne m'atteint plus, j'arrive à oublier les tas d'objets abandonnés, les chevaux qui souffrent et les humains qui boitent, j'écoute le silence avant d'aller jouir ailleurs parce que quelqu'un s'est mis à sangloter très fort comme un enfant qui vient de voir son chiot se faire écraser par une voiture. Je ne hurle pas « ta gueule, tu gâches mon fix ! », je pars plutôt errer du côté de la place Émilie-Gamelin avec les skateux et les punks. Il me faudrait un peu d'ombre ou une ruelle pour aller penser à la douceur de Lou, à son poil électrique, à sa tête ramenée vers son poitrail lorsqu'il dort lové. Un après-midi, je m'étais étendue sur son dos pendant qu'il somnolait, mes mains appuyées contre son épaule tiède, c'était réconfortant. J'aime Lou, j'entends le bruit qu'il fait en disparaissant, même droguée, et une question me vient : Qui se souciera du passé de ceux qui auront disparu ? Et je sens, oui, je sens qu'une réponse va surgir malgré tout ce tapage qu'ils font en s'éclipsant. Suis-je la seule à entendre cette fanfare ?

C'est un bruit qui prend la forme d'un acouphène se répercutant en ondulations psychédéliques, celui du métal forgé qui percute l'asphalte. Jamais plus on n'entend la rumeur moelleuse des sabots déchaussés, de la sole poreuse vierge de fers qui entre dans le sable ou la terre pour sucer la boue. Ce bruit affolant, creusé, est celui du déracinement et des agonies, une alarme qui dit que le monde est à l'envers depuis qu'on a éloigné les chevaux du sol. Voilà pourquoi, en entendant des pas de chevaux ferrés dans la rue, le premier réflexe humain en est un de méfiance.

C'est là un bruit qui terrifie ma mère.

Ne pas oublier d'aller voler des pommes pour Lou au marché, tout à l'heure, après mon fix.

Comme la renarde
à trois pattes

« Juste avant de mourir, l'homme derrière l'un des plus grands mensonges de l'Écosse avoua son canular, admit que Nessie n'était que pure fabulation », dit Marylène, du toit sur lequel ils étaient réunis, soûlés d'air frais et de bien d'autres alcools. Sur terre, dans l'étang, des grenouilles gazouillaient un chant d'amour et de reproduction. Noircis par la nuit, les arbres servaient de perchoirs aux oiseaux qui ressemblaient à de fragiles bibelots peints à la main ; ceux-ci étaient munis de flûtes accordées pour déclarer toutes les impressions très pures qui leur venaient, au moment même où elles apparaissaient, sans aucune pudeur ni décalage. On entendait l'écorce des bouleaux se lézarder, la reptation molle de couleuvres inoffensives et la terre se distendre pour laisser circuler les taupes. Au-dessus d'eux, les étoiles exsudées par le ciel invitaient à toutes sortes de confidences.

Pour une rare fois, ils avaient réussi à échapper à la ville, avaient tenu le pari de se retrouver, tous les cinq, malgré leurs horaires incompatibles et des motifs valables, dans un chalet enveloppant qui les voulait dans son sein. Ils avaient mangé des truites ventrues assaisonnées à la sauge, pêchées par Stéphane durant le jour. Les fines herbes poussaient tout autour de la maison ; Gisèle et Alexis les avaient repérées entre les bourgeons de rhubarbe, de lavande et de thym. Ils avaient fait bouillir du maïs croquant, acheté dans un stand en bordure de l'autoroute, avaient dégusté des fromages au lait cru parfaitement chambrés, juste assez aigrelets, et dévoré une tarte aux fraises des champs. François s'était chargé des vins ; il débouchait à l'instant un porto qui, en plus d'être ce nectar délié, s'avérait incomparable dans son rôle d'hymne à la vie.

Cinq amis de longue date réunis sur le toit d'un chalet expérimentaient un état qui s'apparentait à un moment d'accalmie.

— Vous vous rendez compte ! Marquer l'imaginaire collectif et la tératologie à ce point, transformer à jamais la face du tourisme écossais à partir d'une simple tocade, poursuivait Marylène, admirative. Je lève mon verre à la mémoire de cet homme.

— Mais encore, ma chère… Ce qui attise ma curiosité, dit François en levant vers Marylène un regard pénétrant comme pour voir à travers elle, c'est le désir de comprendre pourquoi cela te rend aussi volubile.

— J'y arrive. Au cours du repas, nous avons convenu que l'humain n'est ni bon ni mauvais, qu'il a une nature adaptée aux nécessités d'une vie civilisée dont il respecte les codes en raison de ses instincts grégaires, plus affirmés que sa tendance à la solitude, et que cette vérité le conduit à accomplir certaines bassesses.

Un animal bougea dans les bois environnants, mais personne ne détourna son attention du résumé que faisait

Marylène de leur récente conversation, personne ne constata que cette déambulation un peu maladroite ressemblait au pas rompu d'un animal blessé. Cela pouvait être une marmotte, un renard, un raton laveur... François ajouta un peu de porto dans la coupe à peine entamée de Marylène comme pour l'encourager à filer son idée jusqu'au bout.

— Quel est le plus grand mensonge que vous ayez jamais orchestré, voilà ce que j'ai envie de savoir. Prenez un peu de temps pour y penser ; la deuxième bouteille de pommard est en jeu. Toutefois, soyez honnêtes, conclut-elle juste avant de leur lancer un clin d'œil et ce sourire enjôleur qui les avait tous charmés les uns après les autres.

Mais ce qui devait être consommé l'avait été, plusieurs années auparavant, et les cinq amis échangeaient dans la bonne humeur, partageant un état d'esprit qui n'avait rien de feint.

— Et si jamais ce mensonge te mettait en scène, toi, Marylène, ou bien quelqu'un d'autre ici présent, dans le rôle de dupe ? suggéra Stéphane.

— Il nous faudra alors passer par-dessus notre ego, le voir comme une sorte d'épreuve destinée à vérifier si notre amitié est bel et bien aussi inébranlable qu'on le prétend.

Ils eurent tous envie de se prêter au jeu ; la curiosité l'emportait sur la pudeur et les inhibitions, altérées par tous ces bons vins absorbés depuis le début de l'après-midi. Dans la maison, le feu du poêle s'était éteint, mais de ses braises encore vives s'échappait une chaleur frivole qui se hissait jusqu'à eux, bouffante, par la cheminée de tôle. La vaisselle était faite, mais on avait oublié de nettoyer l'encombrant chaudron à blés d'Inde ; leurs longues mèches blondes s'agrippaient aux parois. Dans les bois, valvées et fugaces, des gueules-de-loup s'étaient enroulées sur elles-mêmes avec la venue de la nuit. Quant aux fougères d'un vert franc et honorable, elles restaient droites malgré la rosée qui alourdissait leur dentelle. Dans la chaudière qui avait servi à rapporter les truites, il en restait une, bien seule, immobile, insensible à la température de l'eau qui chutait. Dans ce contenant, ses ailerons et nageoires ne lui étaient plus d'aucune utilité. Cette truite était de trop.

Gisèle alluma une cigarette. On entendit le tabac grésiller comme au cinéma. Elle tendit le paquet de Winston à Stéphane, qui déclina l'offre, préoccupé par le mensonge qu'il allait raconter et qui n'avait rien d'épique. C'était mesquin et oiseux ; il avait d'ailleurs longuement hésité, durant tout le trajet de retour au chalet, entre vérité et fiction, entre hilarité et désolation. La vérité, c'était qu'en allant pêcher pour la bande, seul, comme il aimait le faire, il était passé devant une pourvoirie et y avait acheté les huit truites prises par quelqu'un d'autre le jour même, pour les transvider dans sa propre chaudière. Ensuite, il s'était rendu au lac tel que prévu et, s'apitoyant sur son sort, fatigué comme on l'est tous après une semaine de travail, s'était assoupi au pied d'un grand saule qui, en plus de lui offrir de l'ombre, faisait autour de lui comme une protection le gardant du regard des autres. Mais encore aurait-il fallu qu'il y ait quelqu'un. Là-bas, dans la fraîche et le bruissement des feuilles, à demi éveillé, il s'était caressé le sexe durant de longues minutes, le visage enfoui dans l'herbe quasi fluorescente. La tristesse et le sentiment de vide qui avaient succédé à cet orgasme épileptique étaient atroces. Affaibli, debout devant les truites arc-en-ciel, juste avant de refermer la porte du coffre de la voiture, Stéphane s'était senti risible et digne de mépris ; devant la beauté du monde et sa nature si généreuse, les idées qui lui venaient étaient de cet ordre et ça le décevait de lui-même. Si au moins il y avait eu quelqu'un, de la peau froncée, un renflement de chair, quelque chose qui vive et le réclame, un canal humide où diriger tous ces spasmes et ce foutre... Ce sentiment vain et le désir empressé de chasser ce souvenir déjà installé dans sa mémoire, et non les exigences de l'ego tel qu'on aurait pu le croire, le motivèrent à mentir.

Quand son tour vint, Stéphane bluffa. Il inventa qu'il avait volé la caméra « égarée » d'Alexis et l'avait vendue dans un *pawnshop* : tant pis pour le pommard. « Et en plus, je pique régulièrement du fric à ma mère », ce qui était vrai ; Stéphane n'avait donc pas menti sur toute la ligne. « C'est glauque, mais ça n'a rien de stupéfiant », observa Gisèle, flouée.

Une étoile filante fissura le ciel non loin des montagnes qui, vues du toit, évoquaient la silhouette d'une femme étendue sur le flanc. Marylène fit un vœu, souhaita très fort qu'un jour cette maison lui appartienne. En plus de l'étoile, il y avait toutes ces coccinelles, prises à l'intérieur, comme autant de petites marques de chance. Elle cherchait encore son mensonge, ne trouvait rien à raconter pour le moment. Un grand animal de la taille d'un cheval, probablement un orignal, brama comme pour déclarer son appartenance à la nuit et à la forêt. Ceux qui avaient entendu l'appel le confondirent avec le beuglement intermittent d'une vache. Elles étaient nombreuses dans la vallée non loin de là. « J'en ai un, mensonge. Un vrai bon », annonça Gisèle.

« Vous souvenez-vous de mon voyage au Mexique ? De ma description enlevée de l'ascension des pyramides de Teotihuacan ? De l'enthousiasme avec lequel je vous avais fait le récit de mes déambulations à travers la Vallée de la mort ? De ma narration inspirée du moment où, brûlée par le soleil mais déterminée à poursuivre, je m'étais rendue jusqu'au sommet de la pyramide de la Lune ? De ma communion, une fois là-haut, avec les grands esprits féminins, de l'impression d'être une déesse sur un socle, invincible, statufiée dans sa grande et inaltérable beauté ? Eh bien *bullshit*, je vous l'avoue maintenant. »

C'était une entente entre elle et elle, un pacte signé dans la salle de bains par un soir de célibat, d'huiles parfumées et de pleine lune. Un mardi 14 février, plongée dans la baignoire, s'auto-examinant, Gisèle avait eu le sentiment que le point culminant de sa beauté de femme avait été atteint, que dorénavant elle n'allait plus qu'y perdre au change. Devant la glace, elle s'était trouvée alourdie, moins svelte qu'avant, coussinée, striée d'indésirables vergetures violettes, turquoise. Elle avait honte de sa collection de crèmes raffermissantes, aurait voulu les cacher derrière une tuile de céramique, là où personne n'aurait pu les voir. Sous le néon de la salle de bains, malgré ses vingt-trois ans, Gisèle avait noté l'apparition de ridules au contour de l'œil. Il lui faudrait modifier ses expressions faciales, sourire autrement afin de ne pas aggraver son cas, ne pas précipiter la formation complète de ces lignes qui, comme autant de sentiers menant là où elle n'avait nulle envie de se rendre, commençaient à la défigurer. À l'avenir, il lui faudrait rire moins fort, ne plus plisser les yeux, se retenir un peu, réfréner ses délires. Et à bien y penser, il n'y avait là rien de drôle.

Quelques années avaient passé, rien pour calmer les inquiétudes de Gisèle. Elle avait économisé, empilé les liasses une à une dans un tiroir, sous les jarretelles qu'elle ne portait plus puisque celles-ci laissaient entrevoir un pan de son corps qu'elle avait plutôt envie de camoufler ; plus question de circuler en maillot de bain. Avec tout cet argent caché, elle s'envolerait jusqu'en Californie, se payerait le lifting de ses rêves et, tant qu'à y être, réglerait tous ces détails qui la dérangeaient depuis toujours : la couperose sur les arêtes du nez, que l'on effacerait grâce au pouvoir du laser, ses narines exagérément dilatées lui donnant l'air exalté en permanence – c'était exaspérant ! –, et cette inutile bosse, sur le nez toujours, qui altérait son profil. Elle rêvait depuis longtemps d'avoir les lèvres pulpeuses et invitantes : quelques injections – une opération mineure – et le tour serait joué. Mais ce qui la préoccupait encore davantage, c'était la peau de ses fesses qui épaississait. Bien qu'elle portât toute une gamme de gaines correctrices, des creux et des trous gâchaient le haut de sa cuisse lorsqu'elle se tenait debout (le moins souvent possible dans la lumière du jour en présence d'un garçon). Il y avait aussi cette fine varice qui allait sans doute, dans un avenir rapproché, prendre ses aises et marbrer les périphéries de son ventre, désormais semblable à celui d'une fille enceinte d'un zygote. Une fois à la clinique, après avoir observé la clientèle californienne, Gisèle désapprouva également ses seins, qu'elle décida de faire « optimiser ». Il lui restait assez d'argent pour s'en payer un cash ; l'autre fut réglé par carte de crédit. Après la transformation et le mois de rémission, elle s'était dit qu'elle pourrait enfin recommencer à vivre sans trop se préoccuper de ce corps qui ne l'embêterait plus, comme lorsqu'elle était enfant : voilà où elle voulait en venir.

Dans les bois, le piège s'était refermé complètement sur la patte de l'animal, pris dans les lames cariées, découpé jusqu'à l'os. La scène se déroulait au pied d'un vieil érable qui avait vu neiger. L'instinct de survie d'une *renarde* – c'était une jeune renarde et non un castor ou un rat musqué – l'emportait sur la souffrance aiguë, déclarée. Elle grignotait sa peau déchiquetée, suçotait, d'un mouvement saccadé, les larmes de sang qui tachaient son pelage roux comme elle lécherait ses petits, le menton rouillé de sang. D'ailleurs, elle en oubliait beaucoup derrière elle, mais elle s'en tirerait, dût-elle s'en retourner en sautillant, une patte en moins. Brave bête. Elle avait aussi perdu un bout de queue en se débattant et quelques touffes là où celle-ci devient blanc-beige, hérissée. À cet endroit, la douleur avait été immédiate, beaucoup moins lancinante qu'au niveau de la patte, qu'elle sentait encore, même une fois sauvagement amputée, ce qui la faisait trébucher dans sa tentative de se relever.

Alexis donna un discret coup de coude à Stéphane, lui adressa un sourire entendu qui échappa aux trois autres. « Et moi qui croyais que c'était ce voyage et toutes les prises de conscience qu'il avait engendrées qui t'avaient rendue aussi... rayonnante ! » laissa tomber Marylène, qui n'en revenait pas. Alexis n'eut même pas le temps de réclamer une preuve. Gisèle déboutonna sa blouse et leur révéla sa poitrine bonifiée en prenant garde de ne pas leur tourner le dos, car le poids des seins avait creusé une vallée de chair, un début de bourrelet qu'elle ne parvenait à dissimuler qu'une fois ses cheveux déliés, retombés en balai par-dessus ses omoplates. Marylène trouva qu'ainsi découverte, figée dans cette posture volontaire sous les lueurs lactées de la lune, Gisèle avait un je-ne-sais-quoi d'héroïque, la sensualité rigoureuse d'une déesse grecque, et elle l'admira. François la trouva vulgaire mais souhaita tout de même qu'elle poursuive le strip-tease.

— Le plus étrange, observa Gisèle en reboutonnant son chemisier, et ça m'étonne encore chaque matin quand j'ouvre les yeux, c'est que la bosse sur mon nez qui m'irritait au plus haut point n'est plus inscrite dans mon champ de vision. Je me rends compte que c'était un point de repère, mais je ne la regrette pas pour autant.

Un nuage opaque au-dessus de la nuit noire obstrua le ciel puis poursuivit sa trajectoire. Il y aurait un peu de pluie le lendemain, en début d'après-midi, pour honorer les arbres fruitiers qui manigançaient en secret l'éclosion de petites prunes, de poires et de pommettes. Les oiseaux volaient bas et presque toutes les vaches étaient couchées. Quant à la renarde, non seulement avait-elle perdu une patte, mais il s'agissait de celle de devant, ce qui était le plus regrettable. Chasser et fuir deviendrait laborieux à l'avenir. Elle mit du temps à retraverser les bois, inquiète, pour regagner son terrier et retrouver ses petits qui la réclamaient en glapissant. Durant l'absence de sa mère, le plus téméraire de la portée avait avalé une limace et gratté la terre jusqu'aux racines d'un chêne. À cet âge, les renardeaux ne savent pas encore distinguer les mulots des tamias. Ils avaient de petits yeux gris comme des cailloux, qui s'ensoleilleraient et deviendraient fauves.

Le mensonge d'Alexis était bien moins spectaculaire que celui de Gisèle ; il n'avait jamais été amoureux de sa vie, avait menti chaque fois qu'il avait dit « je t'aime » pour faire plaisir aux filles, pour qu'elles cessent enfin de le réclamer avec leurs mirettes suppliantes. « Non mais, qu'est-ce qu'elles ont toutes ? Elles sont tellement tourmentées, si radicales ! Elles voudraient trancher l'amour comme une poire en deux, savoir dès le premier coup d'œil si on va finir à l'hospice ensemble… Ne pourrait-on pas commencer par passer la nuit dans un même lit ? Puis-je emprunter ta brosse à dents et une débarbouillette propre ? Fais-moi goûter à ton café, beurre-moi une *toast*, fais quelque chose pour te changer les idées, je sais pas, et en ce qui concerne le reste de nos jours, on en rediscute après le déjeuner ? »

Ça n'avait rien de très original. Stéphane accepta, cette fois, la cigarette que lui tendait Gisèle. Il s'empressa de repérer le carton d'allumettes, dans sa poche, et profitant de la lumière du feu, loucha vers les lèvres bien pleines de Gisèle qui tirait sur sa cigarette. Lorsqu'elle se pencha vers l'huître vide qui leur servait de cendrier, il suivit des yeux la ligne de son corps qui menait jusqu'à ses fesses. Gisèle savourait ce regard comme une victoire, un triomphe intime et, par toute une série de gestes fluides dont ce subtil déhanchement, elle encouragea Stéphane à s'attarder sur ses contours, à laisser libre cours à sa concupiscence.

— Moins frappant que les chirurgies de Gisèle, admit Alexis, mais y a-t-il pire mensonge que faire croire à quelqu'un, par des paroles et des gestes, qu'on l'aime alors que ce n'est pas le cas ?

— Oui, il y a encore plus amoral, commença François, déterminé à ramener ce pommard qu'il avait lui-même choisi à la SAQ et qu'aucun autre ici n'était véritablement en mesure d'apprécier.

Il l'avait rencontrée sur Internet par le biais d'un groupe de discussion consacré à la chanson française. Elle avait de l'esprit et le sens de la répartie ; c'était probablement une Européenne, une Italo-Islandaise en fait, du nom de Gya Torrone. Ils s'étaient donné rendez-vous sur Messenger pour clavarder en privé. Elle le charmait, ligne après ligne, disparaissait abruptement (peut-être avait-elle des enfants, un mari ?) pour reprendre ses paragraphes fiévreux là où elle les avait abandonnés. François avait passé des nuits à discuter avec mademoiselle Torrone, qui vivait à Paris et savait l'entretenir aussi judicieusement de Dick Annegarn que d'AS Dragon. Après des semaines de passionnants échanges cyber-épistolaires qui laissaient filtrer de plus en plus souvent, entre les considérations intellectuelles et érudites, une tendresse naissante, ils s'étaient échangé quelques photos. Elle devait avoir quarante ans à peine, portait ses cheveux très longs retombant par-dessus un t-shirt ajusté et des jeans à taille basse, jouissait d'une plastique avantageuse qui rendait hommage à la grâce de sa verve. Il lui trouva des airs de Jane Birkin, une distinction tranquille semblable à celle de Françoise Hardy. Un soir qu'elle mettait du temps à répondre à un courriel dans lequel, pour une première fois, il manifestait le désir d'aller à sa rencontre, il fantasma un scénario très doux : après avoir bu une gorgée de pommard, justement, il s'approchait d'elle, dans la cuisine d'un appartement où ils habitaient tous les deux, pour murmurer dans sa chevelure, en faisant glisser ses mains vers son ventre plat, qu'il avait envie de la prendre sur la table. « D'accord, viens me rejoindre, avait-elle enfin répondu au bout d'une heure dilatée, interminable. J'habite Paris, je vis dans un appartement grand comme une boîte à savon, minuscule et coquet, décoré de vieux papiers peints fleuris. J'écoute beaucoup de musique mais je ne vais plus voir de concerts. Je t'y attends. Gya xx ».

François avait toujours su, en lui-même, qu'il finirait un jour par la trouver, cette perle qu'il attendait. Il valorisait la classe et la culture, les rêvait traquées dans le corps d'une grande fille mince, un peu maladroite, qui brûlerait ses feux rouges et passerait tout droit aux arrêts obligatoires sans même s'en apercevoir. Il la rêvait distraite, formée en littérature ou dans une école de beaux-arts, jolie même avec ses lunettes, mais pas trop consciente de son charme. Gya, avec ses yeux marron et cette fougue qui lui venait de son père italien, avec cette peau bleuâtre qui révélait l'autre pays en elle, l'Islande, et cette liberté d'esprit qu'ont les femmes des pays nordiques, incarnait tout ce qu'il avait toujours recherché – en vain – chez une fille.

Une vieille femme d'apparence frileuse, drapée dans une laine sombre, fit glisser la chaînette et ouvrit.

— François ?

— Bonjour, je voudrais voir mademoiselle Torrone.

— C'est moi. Entre, je t'attendais.

Elle lui sourit tristement ; il déposa ses valises dans l'entrée après avoir hésité. Il lui en voulait d'être aussi fanée, se sentit contrarié. Dans le taxi qui l'avait amené jusque-là, mâchonnant une menthe pour avoir bonne haleine, il se l'était imaginée dans une robe un peu froissée et diaphane, à peine maquillée, la chevelure ébouriffée. Elle portait plutôt un chignon serré comme un nœud, avait les mains moites, tremblait et se déplaçait très lentement d'une pièce à l'autre en traînant ses pieds. François avait vingt-six ans et voyait fort bien à son bras une femme de quinze ans son aînée, jubilait même à l'idée qu'on les observerait car elle était désirable. Du moins sur les photos qu'elle lui avait envoyées. Il se sentit piégé, victime de fausse représentation, se dit, en remarquant sur le réfrigérateur le numéro de téléphone d'un service de taxi, qu'il allait sortir d'ici au plus vite et se trouver une chambre à l'hôtel. Elle lui demanda s'il désirait faire une sieste, histoire de rattraper quelques heures de sommeil. Avant de s'endormir dans la pénombre d'une chambrette décorée avec goût, il jeta un coup d'œil sur les photos fixées au mur. Gya assise sur un rocher, au crépuscule. Gya près du Colisée, à Rome, aux côtés d'un homme souriant qui devait être son père. Gya entourée d'amis, riant à gorge déployée. C'était bien la Gya des jpegs qu'elle lui avait envoyés. Qui était cette vieillarde, cette femme abîmée se berçant dans la salle de séjour en écoutant un vinyle de Léo Ferré ? Sa mère ? Sa sœur aînée ?

147

Lorsqu'il se réveilla, mieux disposé, il décida qu'il allait lui demander ce qui s'était passé entre ces photos et le présent. Il n'allait pas faire comme si de rien n'était. Dans le bureau d'où elle lui écrivait, sur un fin plateau d'une argenterie millésimée posé près de l'ordinateur, il remarqua des centaines de cachets multicolores et des dépliants informatifs.

— J'ai chopé un cancer, c'est une question de semaines, révéla-t-elle en devinant son malaise. Je n'ai pas eu la force de te le dire, je n'ai d'ailleurs plus la force de faire grand-chose, si ce n'est d'écouter des disques et d'envoyer des courriels à des gens bien, qui viennent me retrouver à Paris sans se douter que c'est à une morte vivante qu'ils auront affaire.

— Je la pris alors dans mes bras. Elle pleurait de fines larmes vertes, n'en avait plus que pour une semaine. Je lui ai tenu la main jusqu'à ce qu'elle meure, lui ai fait croire que j'étais fou d'elle. Gya s'est laissé prendre au jeu, peut-être parce qu'elle n'avait plus la force de résister. Je lui ai caressé la paume jusqu'à ce qu'elle s'éteigne dans la chambre d'hôpital où j'ai passé des heures à son chevet à lui raconter que je l'aimais, et je crois qu'à travers ses rêves de morphine elle m'entendait, car elle soupirait et clignait des yeux. Je n'ai jamais été épris de Gya ailleurs que dans le cyberespace, mais cette femme esseulée était digne d'attention et j'étais là, à Paris, dans son nid, avec elle. J'avoue que sa mort me soulagea ; il n'aurait pas fallu qu'elle agonise ainsi durant des mois. Je ne me suis jamais senti coupable de quoi que ce soit, je savais que je lui avais apporté un peu de répit et qu'elle me voulait avec elle. Jusqu'à la dernière respiration, je la sentis reconnaissante. C'est ainsi que j'ai obtenu ce charmant pied-à-terre dans le Marais où je pus m'installer pour suivre un cours de sommellerie, et où vous avez tous eu le plaisir de séjourner : en massant le crâne chauve d'une mourante qui, vers la fin, n'avait plus envie de porter sa perruque.

Il commençait à se faire tard, raison pour laquelle Gisèle avait appuyé sa tête sur l'épaule de Stéphane ; ils en étaient à fumer une énième cigarette – une à deux – et ça agaçait Alexis, car non seulement Stéphane lui avait subtilisé sa caméra, mais voilà qu'en plus il gâchait son plan. Avant la fin du récit de François, Marylène s'était éclipsée, prétextant le dédoublement de sa vision et un sérieux mal de cœur, ce qui n'était pas un mensonge.

Elle redescendit par l'échelle. Il était près de cinq heures, l'heure à laquelle on peut voir les animaux s'approcher de la maison, comme s'ils savaient les humains endormis et se sentaient hors de danger, d'instinct. Un raton laveur enfouissait son nez dans l'herbe là où les oiseaux avaient échappé des grenailles, deux colibris pompaient le nectar qu'on leur avait versé dans une mangeoire soufflée en forme de fleur. Puisque la lumière n'était plus concentrée en un seul point, qu'elle venait tout entière et déliée avec le jour, les papillons de nuit se désintéressaient de la lanterne. Au moment de l'orgasme, certaines fourmis mâles explosent, littéralement, crèvent d'extase. Tout près de la clôture de pierre, un coyote errait, mais Marylène ne l'aperçut pas. Il s'éloigna sans se presser pour retourner vers le cœur de la forêt rejoindre sa meute.

Elle avait envie d'aller marcher, éprouvait le besoin de se retrouver, elle aussi, comme le coyote, seule et loin des siens. Marylène s'engagea dans les bois, traversa la route pour se diriger vers la vallée qui semblait si vaste. À cette heure, les grenouilles avaient cessé de coasser et la forêt semblait accueillante, désencombrée des craintes qu'elle pouvait inspirer la nuit. Pour s'y rendre, Marylène dut sauter par-dessus un ravin, atterrit près du corps d'un picbois tombé le bec planté dans l'herbe. Il y avait aussi des traces qu'elle n'était pas en mesure d'identifier, et la merde d'un animal qui n'était probablement pas un ours, souhaita-t-elle. Cette balade en solo, c'était vraiment une bonne idée. Un vent suave lui effleurait les tempes et l'air frais l'aidait à dessoûler. La rosée s'était déposée en un voile sur la plaine, et la brume, juste au-dessus, s'étalait comme un grand fantôme assoupi. Elle frotta ses mains salies dans l'herbe humide et ramassa un bâton de marche. Elle avait hâte de savoir ce qui se cachait là où la vallée s'enfonçait, dans cette gorge où les arcs-en-ciel allaient s'évanouir. Un ruisseau ? Quelques chalets ? Des moutons menacés par les coyotes ? Ou alors de l'herbe, ce qui ne l'aurait nullement déçue, une étendue verte et mouillée de rosée, un paysage apaisant qui lui ferait l'effet d'un verre d'eau ?

À travers la brume, elle crut d'abord avoir affaire à un amas de bois brut, à de longues branches et à leurs troncs abandonnés là avant que la hache ne les transforme en billots. Mais de près, elle constata qu'il n'en était rien. Qu'il y avait là les os d'une trentaine de cervidés braconnés bien avant l'automne – et nous étions en été –, des carcasses de chevreuils, de caribous et de cerfs dont on avait détaché les têtes, sans doute pour les suspendre glorieusement dans quelque sous-sol ou abri de chasse. Apparemment, on les avait découpés en quartiers pour vendre la viande, encore attachée en lambeaux près des pattes et par grappes autour de l'épine dorsale. Le soleil et les mois de l'hiver avaient délardé les os, oubliant quelques touffes de poils au niveau des sabots. Les flancs des bêtes, leur colonne vertébrale et les pattes : voilà tout ce qu'on distinguait dans ce charnier où les charognes réunies avaient dépassé le stade de la putréfaction, à l'exception du pourtour des sabots où, sous la chair boucanée que toucha Marylène du bout de son bâton, une nuée de dermestes et de coléoptères s'affairait. Cette manipulation approximative libéra, en plus des insectes, une bouffée viciée, l'odeur corrompue de la mort au grand jour.

Elle s'agenouilla pour dégüeuler l'alcool et les truites, s'égratigna la gorge en vomissant une arête. Attirés par cette chimie toute fraîche, quelques vers se dirigèrent vers la flaque. Une mouche à chevreuil se mit à bourdonner très fort.

Au chalet, François restait seul sur le toit. S'étant déclaré vainqueur, il buvait le pommard au goulot. Trop soûl, Stéphane ne parvenait pas à bander convenablement devant la beauté factice de Gisèle. Par les fenêtres de la chambre, la lumière se rendait jusqu'à eux et révélait les cicatrices sous ses seins, toujours dressés. Lorsqu'elle s'étendait sur le dos, ils restaient figés dans les airs, comme ceux d'une poupée Barbie. Il ne ressentait pas chez Gisèle de désir autre que celui de l'exciter. Et sous la lumière matinale, son sexe complètement épilé apparaissait indécent, surréel, contraire au romantisme. Cette vision lui donnait envie de quitter la chambre. Alexis bûchait du bois en sacrant lorsqu'il aperçut Marylène, blême et essoufflée – qui n'avait jamais menti à quiconque –, se traîner péniblement dans la côte aidée de son bâton de marche.

Claudiquant elle aussi sur trois pattes, comme la renarde l'avait fait pour retourner vers les siens.

Nan sans Réal

Avec le cheval que tu m'avais offert, j'avais traîné un arbre jusqu'à ta fenêtre, creusé la terre et enfoncé ses racines avec mes doigts, pendant que tu dormais jusqu'à trois heures de l'après-midi. Je voulais qu'un peu d'ombre traverse tes stores horizontaux disjoints et que, en regardant à l'extérieur, tu puisses imaginer une forêt plutôt que cette route tapissée de petites grenouilles étampées sur l'asphalte dans leur parfaite forme de petites grenouilles mortes les cuisses ouvertes. L'arbre est encore là aujourd'hui, taillé et entretenu, pas du tout comme à ton époque. Ses branches souples semblent chercher quelque chose à travers les murs, un objet coulé dans le béton, éclaté dans les lattes du toit.

Ces branches sont mes bras ouverts sur ton fantôme.

Je marche dans les ruines de ce que nous avons été ensemble à l'été 1988. Je refais le parcours de l'écurie au lac, de l'aéroport abandonné jusqu'au cerisier – les obstacles que nous avions construits sont toujours dans les bois, mais relocalisés –, puis je reviens vers le manège où tu m'appris à dresser les chevaux. Le miroir que nous avions fait suspendre pour contempler les allures de nos bêtes et nos positions parfaites de cavaliers accomplis est toujours sur le mur, légèrement fêlé dans le coin droit comme si on y avait lancé un caillou. Je m'y vois debout, désemparée, un brin de foin à la main. À ce moment précis, j'ai une pensée pour tous ces oisillons tombés du toit et sauvés par mes soins cet été-là grâce à une mixture faite de protéines pour gros animaux mêlées d'eau. Il y eut beaucoup d'oisillons morts, j'en retrouvai souvent agglutinés à la sole des sabots de mon cheval, réduits en une purée rosâtre de chairs vives, de plumes ténues et collantes que je décrochais au cure-pied. Je trouvais désolant que tous ces oiseaux soient nés pour rien. Pour me changer les idées, tu m'attrapais par la ceinture, me soulevais dans les airs, mon pantalon me déchirait les fesses et j'en riais tant que j'oubliais les oiseaux piétinés. J'avais l'âge où tu pouvais encore te permettre un tel geste, douze ans. À la fin de l'été, déjà, ce ne serait plus possible.

Ton fantôme, je ne le cherche plus, car ici il est partout où je mets les pieds. J'avance sur tes terres.

*

M'offrir un cheval, c'était m'injecter une drogue dure dans le corps, me verser une cuillère d'héroïne dans le sang. Tu l'avais ramené d'un encan en Pennsylvanie, l'avais élu pour moi parce qu'il t'avait semblé accordé à mon tempérament : un grand pur-sang anglais cuivré qui faisait peur à ma mère, ma mère qui s'inquiétait, chuchotait à mon père que donner un animal à un enfant ne se fait pas, qu'elle n'offrirait même pas un poisson rouge à sa sœur, que les animaux ne se donnent pas, que ce cheval avait une mauvaise tête et qu'il était bien trop haut pour moi, que j'allais chuter et devenir paraplégique, qu'il se blesserait à une patte – qu'il avait très fines de par sa race. Offrir un cheval à une adolescente, c'était ouvrir la porte à toutes sortes d'errances et ma mère voyait l'évidence : ce cheval était une bête splendide, magnétique. À partir de ce jour-là, je me détachai de ma mère et passai plus d'heures sur le dos de mon pur-sang que debout sur le sol à hauteur d'homme.

Montée sur cet animal par un jour d'automne et de randonnée, après qu'il se fut cabré parce qu'un lièvre avait détalé devant nous, quelque chose a claqué dans mon ventre, une sensation d'élastique cassé, de cuir déchiré, un choc. Tu étais derrière moi sur ta jument Manou enceinte et avais vu le sang se répandre sur mes vêtements, une goutte s'était dilatée jusqu'à tacher complètement mon pantalon d'équitation gris souris. J'ignorais ce qui m'arrivait, tu avais dit :

— Nan, arrête ton cheval.

— Réal.

— Tu as mal ?

— Il m'a donné un coup dans le ventre. Quelque chose a cédé, le cuir de la sangle s'est défait, je crois.

— Nan...

— Quoi ?

— Rentrons, ton cheval a perdu un fer dans la boue.

*

Tu revenais souvent de ta nuit au moment où j'arrivais le matin, vers 7 h, pour m'occuper des chevaux avec le palefrenier, et donner les cours d'équitation aux débutants. Tu avais la peau froissée et du maquillage sous les yeux. Tu sortais de ta Renault 5, voûté et blême, tes yeux bleu pâle translucides, et tu semblais évanescent : tu me fuyais, mais moi je voulais te voir. Tout ce que tu faisais m'intriguait : tu congelais des lapins morts pour ensuite les cuire à la moutarde, tu buvais un grand verre de vodka à ton réveil comme si c'était de l'eau, tu te rasais les tempes, tu avais acheté un caniche noir survolté nommé Pernod que tu étais allé chercher en avion jusqu'en Ontario, et tu lui faisais ronger les restes nauséabonds de la corne des sabots fraîchement ferrés. Tu insérais ton bras jusqu'à l'épaule dans le vagin de Manou pour toucher le poulain qu'elle portait et tapoter ses pattes fragiles. Te voir monter seul dans le manège toutes ces bêtes difficiles était un spectacle renversant dont j'étais l'unique spectatrice. Tu réussissais à les faire galoper sur place, elles te donnaient leur tête sans jamais te céder leur honneur et tu me révélais tous les secrets du dressage en des formules cryptées du genre : « Demander souvent, se contenter de peu, récompenser beaucoup. » Tu m'appris qu'un cheval est un grand enfant nerveux. Ensemble, nous faisions d'interminables randonnées dans les bois, à travers la ville, jusque dans les carrières de cailloux, puis nous allions au restaurant du village. On attachait nos montures près de la station d'essence comme deux cow-boys anachroniques. Le soleil mourait sur un ciel rose et on s'attablait.

Il n'y avait jamais que nous, et c'est dans ce restaurant que j'essayais de rejoindre ta main sous la table. Tu allumais une Craven A pour t'occuper les doigts. On lisait l'horoscope : Sagittaire, nous étions nés le même jour, à vingt ans d'intervalle. À cette époque, je n'avais qu'un but dans la vie : me faire adorer de toi en remportant les championnats provinciaux de dressage junior sur le cheval fiévreux que tu m'avais offert. J'ai encore le ruban et la cassette vidéo. Tu es aux côtés du caméraman. On t'y entend me parler durant mon parcours, me murmurer « Baisse tes talons, Nan », compter les foulées entre les oxers de concert avec moi, retenir ton souffle à chaque obstacle, me mettre en garde lors des virages et des voltes. À entendre les légers hiatus entre tes conseils, je te devine fumant une cigarette.

*

Bien des choses nous ont rapprochés sans que je comprenne, même encore aujourd'hui, ce qui nous avait liés l'un à l'autre. De mon côté, c'était simple : tu m'avais offert un cheval, tu m'avais sauvée. Quant à toi, tu semblais voir en moi des aptitudes de dresseuse, une cavalière de talent, tu me faisais même débourrer tes poulains. Avec les chevaux, j'étais ferme et obstinée, mais sensible, intuitive, une vraie nature de cavalier, j'avais les reins juste assez creusés et l'assiette souple. Je tombais parfois, me blessais, mais par orgueil je remontais en selle, flegmatique. Aujourd'hui, ce dont je m'ennuie le plus quand je pense à toutes ces années de poils équins piqués dans les cuisses, c'est d'avoir peur avec toi, Réal.

Il y eut cette scène, très tôt le matin, un lundi d'août caniculaire. C'était ton jour de congé et nous avions convenu que je nourrirais les chevaux. Le palefrenier n'était pas encore arrivé, j'étais seule dans l'allée et les bêtes piaffaient, le pur-sang que tu m'avais offert faisait peur à voir avec ses grands yeux colériques, ses narines dilatées et l'artère de son cou qui pulsait. On aurait dit que les chevaux voulaient me dévorer, ils hennissaient sur mon passage, et je désespérais de réussir à ouvrir la trappe à foin qui semblait coincée. Même ton grand caniche avait un air famélique et montrait les dents. L'ordre que tu avais donné de ne te déranger sous aucun prétexte dans tes appartements situés à l'étage était strict, très clair : ne le faire qu'en cas de mort, de maladie, de feu, de blessure grave, de situation jugée hautement importante, comme le début des contractions de Manou. J'éprouvais une sensation d'engourdissement dans la nuque, je me voyais m'effondrer et m'ouvrir le crâne, je crus partir par en arrière, j'entendais les chevaux crier, pousser de petits hennissements grinçants. Après réflexion, j'avais pensé que tout cela justifiait l'ascension jusqu'à toi.

J'étais déjà allée dans ta chambre, une seule fois, la fin de semaine où tu t'étais inscrit à un concours complet au Vermont et que je veillais au grain. C'était en pleine nuit, j'étais censée dormir sur le divan de la sellerie, enroulée dans un sac de couchage, un chat plein de puces entre les genoux, c'était le plan. La sellerie était située exactement sous ta chambre. Je montai.

Je pénétrai dans ta pièce sur le bout des orteils, comme on entre dans la chambre d'un bébé endormi. Le moindre craquement faisait battre mon cœur. Là-haut, on n'entendait plus respirer les chevaux et ce détail m'avait surprise. Au centre de la pièce trônait un immense lit, je notai la présence de brins de blé sur ton édredon carreauté. Aux trois quarts du mur, quelqu'un avait posé une banderole de tapisserie illustrant des scènes de chasse à courre, des meutes de beagles, des renards, un cor, des détails bourgogne et vert forêt. Ce n'était sans doute pas toi qui avais collé ça là, et je me souvins alors que cette écurie existait depuis un siècle au moins, qu'elle avait dû abriter plusieurs générations de chevaux et d'écuyers, voir mourir quelques bêtes et en naître bien d'autres. La décoration intérieure ne faisait pas partie de tes obsessions : il n'y avait que deux cadres au mur, le portrait jauni d'une femme fière qui pouvait être ta grand-mère et une photo de Manou dans un champ, blottie contre le flanc de sa mère alors qu'elle n'était encore qu'une pouliche ; déjà on pouvait apprécier le profil camus de sa race et l'alezan doré de sa robe qui étincelait sous son duvet humide.

Il y avait une commode surmontée d'un grand miroir, et un second miroir au plafond, ta seule coquetterie. Sur la commode, j'avais vu toutes ces seringues et ces sachets de cocaïne égarés entre les formulaires d'inscription aux championnats de Blainville, un flacon vert de Ralph Lauren et des sous noirs éparpillés comme sur tous les bureaux d'hommes. Il y avait aussi un jonc, une boucle d'oreille. Plus loin, une grosse télévision, un bac à recyclage débordant de bouteilles de vin vides. Cette nuit-là, j'avais dormi dans ton lit et reniflé toute l'odeur emprisonnée dans tes oreillers, cette odeur qui semblait te contenir, toi.

Je connaissais donc fort bien le chemin qui menait jusqu'à ta chambre. Je voulais que quelqu'un fasse apparaître une balle de foin pour enfin faire taire les chevaux, et ça ne pouvait être que toi. Tu avais ouvert la porte et grimacé en m'apercevant, moi, Nan, enfant-fille de douze ans qui te suivait à la trace. Je me souviens qu'à ce moment précis, j'avais eu le sentiment que tu me cachais quelque chose que je ne pouvais pas comprendre mais que j'aurais bien aimé savoir, que tu hésitais en ma présence, que tu ne savais plus si j'étais une mioche, une lolita ou une lady. La vérité, c'est que j'étais une nymphe maladroite, mais dans ta tête de coké paranoïaque, j'incarnais la pureté te persécutant.

Il y avait des gens dans ton lit, la chambre était éclairée par l'écran bleu de la télé figée en mode vidéo. Une fille t'avait demandé ce qu'un enfant faisait là et ça m'avait fait monter les larmes aux yeux. Elle avait le pourtour de la bouche irrité et les yeux barbouillés de mascara. Toi aussi tu avais l'air louche avec ton eye-liner et tes cheveux coiffés en brosse. Tu étais apparu torse nu et, en apercevant les poils sur ta poitrine, je m'étais sentie inconfortablement attirée et repoussée. Il faisait chaud et humide là-haut, ça donnait l'impression que vous vous étiez beaucoup agités. En jetant un coup d'œil en direction du lit, je vis dépasser les pieds d'un homme. À l'autre extrémité de l'édredon, ses cheveux s'étalaient comme une aile de corbeau sur l'oreiller, juste à côté de la fille qui, torse nu elle aussi, semblait vouloir me révéler ses seins énormes entre lesquels gisait une chaîne. Elle me toisait en fumant une cigarette à la manière d'une diva décadente. Ta chambre, ton carré intime, avait des airs de fin du monde, il y planait un parfum de désastre. J'aperçus une cravache sur le plancher, celle en vrai cuir, pas ces répliques en cuirette. J'eus le sentiment que vous vous étiez fouettés ou étiez sur le point de le faire. Vous écumiez.

On pouvait passer par ta chambre pour aller au grenier où le foin était stocké. Tu avais les yeux injectés de sang et l'haleine d'un moribond. Tu respirais très fort. Je te suivis dans le grenier jusqu'à la trappe coincée, scellée par le cadavre d'un mulot. Nous le grattâmes avec une pelle. Lorsque nous réussîmes à lancer les cubes de paille dans l'écurie, nous entendîmes les chevaux impatients et je reconnus le piaffement de mon pur-sang caractériel donnant des coups de sabots dans la porte du box. Tu me caressas la tête avec ta paume après avoir insisté pour que je redescende directement par l'échelle, sans repasser par ta chambre. Tu me regardas te quitter et refermas la trappe derrière moi en me faisant un clin d'œil. « C'est correct, Nan, tu as bien fait de venir en haut », avais-tu dit.

*

Tu me touchas une seconde fois au retour d'un concours équestre. Nous avions tous deux remporté des prix et participé au grisant galop de la victoire qui réunit les gagnants et leurs bêtes glorieuses dans un dernier tour de piste, au cours duquel les rubans attachés au montant de la bride virevoltent au rythme d'une musique de circonstance. Debout sur un petit tabouret, je détressais la crinière de mon cheval pendant que tu douchais ta jument. Nous jouissions de la fatigue des vainqueurs. Tu avais fièrement suspendu nos prix dans l'entrée.

L'épisode qui suivit se déroula en un éclair.

Tu me demandas de débrancher un fil. Mes bottes étaient mouillées. Sans y penser, mécaniquement, je tendis la main vers la prise et m'électrocutai. En tombant du tabouret qui me permettait d'atteindre l'encolure de mon pur-sang monstrueusement haut – dix-huit mains –, je m'ouvris la hanche sur un clou rouillé. C'est ton nom que je hurlai en tombant.

Je respirais mal et me retenais de pleurer. Alarmé par mon cri, tu accourus vers moi. Dans tes bras, comme une enfant. Les larmes. De la femme que j'essayais d'incarner, il ne restait plus grand-chose. Rien du tout, en fait. Je sanglotais comme la fillette que j'étais. J'aurais voulu muer là, devant toi, perdre une peau à cet instant précis, m'éplucher sans attendre qu'elle se détache. Je pleurais de cette incapacité bien plus que de douleur.

La réalité rencontrait mon fantasme et le tuait.

Tu me fis asseoir sur le divan de la sellerie. La fenêtre était grande ouverte et les pissenlits gonflés en boules duvetaient l'air comme des plumes. Tu voulus voir la blessure, et je dus dézipper mon pantalon de concours pour te la montrer. Ma plaie s'empourprait et ses lèvres cloquées la faisaient ressembler à un sexe de petite fille. Du sang souillait ma culotte. Après avoir fermé la porte et placé l'insigne « Ne pas déranger », comme lorsque tu t'engueulais avec la propriétaire et que je vous écoutais, tu t'agenouillas devant moi et me soignas à l'aide d'un onguent pour chevaux. Ensuite, tu m'embrassas la tête et les cheveux comme pour me consoler, mais tu déposas aussi un baiser dans mon cou, près de l'oreille.

Encore aujourd'hui, je porte cette cicatrice oblongue et neigeuse sur ma hanche gauche. Tous les hommes qui m'ont vue nue ont voulu savoir d'où elle venait. J'ai dû raconter cette histoire en la tronquant une vingtaine de fois, sans jamais révéler à quiconque qu'après m'avoir soignée, tu me pris dans tes bras pour me monter jusqu'à ta chambre où je m'endormis pendant que tu lavais mes vêtements. Je me suis réveillée dans la chaleur douillette que libèrent les sécheuses ; tu me regardais comme on observe un enfant dormir, me veillais. Tu m'avais prêté un chandail sur lequel on pouvait lire « Concours Complet Harwood ». Un cheval très concentré, comme suspendu dans les airs, y franchissait une table à pique-nique. Tu m'as dit : « Viens, on va aller manger au resto du village. »

Ce fut l'unique fois où nous nous y rendîmes sans ta jument alezane et mon cheval sombre. Sur le chemin du retour, tu pris ma main. Nous avions tous deux de la corne au même endroit, là où les rênes appuient sur la paume. En arrivant à l'écurie, nous vîmes la voiture de ma mère et tu laissas choir ma main dans le vide. Tes yeux pâlirent. Mon bras me sembla aussi lourd qu'une poche d'avoine.

Je trébuchai.

*

Après cet épisode, tu installas une distance entre nous et redevins aussi bête et antipathique qu'un professeur d'équitation. Tu sabotas la *proximité* qui nous liait. Quelque chose te tracassait. Tu me faisais franchir des obstacles de plus en plus hauts et compliqués, mais mon cheval fou me suivait. Il se révélait un sauteur exceptionnel malgré l'étroitesse de son avant-train de Thoroughbred. Cet animal acceptait toutes mes propositions, me donnait tout ce dont il était capable et incapable. Nous étions en parfaite symbiose, comme cela arrive rarement, voire jamais, dans une vie de cavalier : je projetais un départ au galop et, sentant le muscle de ma jambe se contracter contre son flanc, le cheval me faisait le cadeau de son allure la plus pleine, la plus ronde, il était incroyablement attentif, les oreilles toujours bien droites, à l'écoute du moindre murmure. Je m'étais mise à le monter à cru pour multiplier les points de contact entre mon corps et le sien. Nous nous suffisions l'un à l'autre, tu n'étais plus qu'un élément ajouté qui décidait du programme : départ au trot à la lettre A, demi-volte renversée en H, allongement entre M et F, pivot sur les antérieurs, changement de main sur la diagonale, et cætera ; nous exécutions toutes ces figures à la perfection, presque par politesse à ton égard. J'avais les yeux brillants de ravissement quand je montais ce cheval. Aujourd'hui, en parcourant les lieux, l'idée me vient que tu étais peut-être jaloux de ma relation avec ce hongre, ou bien contrarié que j'aie su mener plus loin que toi l'art du dressage.

Tu avais beau me cacher des choses, je sentais que tu te portais mal. Je ne pouvais pas t'aider ; tu ne souhaitais pas que je le fasse. De plus en plus souvent, la propriétaire des lieux et toi aviez des discussions corsées où il était question d'argent et de responsabilités. L'automne approchait, la saison des concours était terminée. J'étais en secondaire 1, triste, sauvage, menstruée, mésadaptée à l'école, et mon cheval me manquait. Je ressentais un vide entre mes cuisses. Un samedi matin, j'étais arrivée très tôt à l'écurie sur ma nouvelle mobylette. Nous nous étions croisés à une intersection, tu m'avais suivie dans ta Renault 5. Une fine glace givrait les citrouilles qui souriaient pour rien ni personne sur le seuil des maisons. Nous étions seuls, un 1er novembre, il était six heures du matin. Tu étais descendu de voiture avec peine, usé de ta nuit, empêtré dans ton costume d'Halloween. Tu m'avais demandé de venir avec toi. Les chevaux avaient eu peur lorsque tu étais entré dans l'écurie, à cause de ton déguisement de robot de l'an 3000, des lumières rouges qui scintillaient et du bruit métallique que tu faisais en te déplaçant.

Je me souviens que même ton caniche avait jappé avant de reconnaître ta voix. Nous montâmes jusqu'à ta chambre.

Tu émergeas de ta parure de robot le torse nu, et j'eus envie d'y poser la main, puis ma joue, d'y lover ma petite personne. Nous étions assis au pied du lit, côte à côte, tu n'étais plus qu'une moitié de robot, les traits tirés et la mort dans l'âme, alors que moi j'étais déjà prête pour une randonnée matinale, la cravache dans les bottes, mes gants d'équitation aux mains, la bombe déposée sur le lit à ma droite, et j'aurais souhaité que tu m'accompagnes.

— Écoute, Nan, avais-tu dit en regardant partout sauf dans mes yeux – et je crus à tort que tu allais me demander en mariage. Je vais partir, je dois déménager, il faut que je m'en aille.

— J'irai te rendre visite et on refera la saison des concours ensemble.

— Je serai loin, Nan, je serai difficile à joindre.

— Pas grave, j'ai une mobylette maintenant.

— Nan... Ce ne sera plus possible.

Tu chuchotais, si bien que je compris que c'était un secret que tu me révélais. Tu avais les yeux humides, semblais avoir atteint ta propre limite. Une boule naquit dans mon estomac, comme si j'avais avalé une pierre. Une fois redescendue dans l'écurie, j'observai les animaux endormis pendant de longues minutes. Manou était étendue de tout son long et, n'eût été ses ronflements tonitruants de jument enceinte, on aurait pu la croire morte. Quant à mon cheval, nerveux, il semblait ne jamais dormir que d'un œil, restait debout, jaloux de tous les gestes que j'esquissais vers les autres, me guettant des yeux.

Regarder dormir un cheval est le plus apaisant des spectacles, mais ce jour-là, il ne réussit pas à dissoudre l'anxiété qui s'enracinait dans mon ventre comme un cancer. Je n'allai pas à cheval, à cause de ce poids lourd qui me retenait au sol. En repartant, je contournai des enfants affairés à écraser une citrouille à grands coups de bâton de baseball. La courge violentée semblait saigner sur l'asphalte, sa chair déchiquetée en lambeaux s'étalait dans la rue. J'aurais voulu qu'ils fassent de même avec le cadeau empoisonné que tu venais de me faire, le second.

Le lendemain, j'étais toujours enceinte d'un poids mort. Arrivée à l'écurie, je sentis que quelque chose n'allait pas car ton caniche Pernod s'enfuyait vers la forêt en galopant comme un cheval. Une ambulance était garée devant le manège. Une femme que je ne connaissais pas riait ou pleurait ; je reconnus plus tard la diva aux seins lourds. Je fis glisser la porte comme un rideau : une corde pendait de la poutre d'où tombaient les oisillons en été et dont tu m'avais déjà vanté la solidité. Par terre gisait un corps. Ma première réaction fut de me demander pourquoi l'on ne tranchait pas la corde qui serrait encore ton cou. J'allai chercher les sécateurs, pour aider.

Ce n'est que plus tard que je saisis la gravité de ce qui était arrivé, lorsque ta jument accoucha prématurément d'une jolie pouliche rouanne que tu avais exigé que l'on m'offre. Même dans la mort, tu m'apportais tes plus beaux chevaux. Manou avait paru nerveuse durant l'accouchement, elle avait souvent soulevé sa tête et beaucoup gémi, déconcentrée, comme désintéressée par ce qui lui arrivait. Elle te cherchait mais tu n'existais plus, ni pour moi ni pour elle. Cet automne-là, je passai de longs moments à son flanc, nous étions aussi désemparées l'une que l'autre, elle voulut même abandonner sa pouliche puis se ravisa. Elle continuait de t'attendre et d'espérer ton retour, surveillait la porte de l'écurie dès que quelqu'un entrait. Les animaux ne savent pas.

J'appris à monter avec cette citrouille nichée dans mon ventre.

Je devins très vieille tout à coup et sus enfin sortir de l'enveloppe de l'enfance pour me métamorphoser en femme. Tu avais exaucé tous mes souhaits ; j'avais atteint un point de non-retour.

Table

La mort de Mignonne 11

La beauté de Gemma 19

C'était salement romantique 35

Grunge 45

Fées et princesses au bout de leur sang 59

Lettre aux habitants de Rivière-Bleue 77

La maison 85

Sur la tête de Johnny Cash 93

Ruth en rose 107

Protéger Lou 115

Comme la renarde à trois pattes 133

Nan sans Réal 153

Remerciements : Le Conseil des Arts et des Lettres du Québec, Jeunes Volontaires, Dany Bouchard pour le chalet inspirant et inespéré, à Abercorn, Yannick Duguay pour son œil juste et la complicité.

Plusieurs des nouvelles réunies ici ont d'abord été publiées dans une version différente dans les revues suivantes :

La mort de Mignonne dans *p-45*, automne 2003, n° 11, p. 36-37.
La beauté de Gemma dans *Jet d'encre*, printemps 2005, n° 6, p. 73-81.
C'était salement romantique dans *Zinc*, été 2004, n° 3, p. 7-15.
Grunge dans *Mœbius*, printemps 2005, n° 105, p. 15-24.
La maison dans *Voir*, octobre 2003, vol. 17, n° 43.
Sur la tête de Johnny Cash dans *Mœbius*, automne 2004, n° 99, p. 93-101.
Ruth en rose dans *Textes*, été 2004, n° 1, p. 51-56.
Nan sans Réal dans *L'Escargot* (sur le Web), printemps 2005, n° 1.

RÉCITS et ROMANS
aux Éditions Triptyque

Allard, Francine. *Les Mains si blanches de Pye Chang* (roman), 2000, 156 p.

Andersen, Marguerite. *La Soupe* (roman), 1995, 222 p.

Anonyme. *La Ville : Vénus et la mélancolie* (récit), 1981, s.p.

Arsenault, Mathieu. *Album de finissants* (récit), 2004, 142 p.

Association des auteures et auteurs des Cantons de l'Est. *En marge du calendrier* (anthologie), 1994, 128 p.

Bacot, Jean-François. *Ciné die* (récits), 1993, 133 p.

Beaudoin, Daniel-Louis. *Portrait d'une fille amère* (roman), 1994, 102 p.

Beaudoin, Myriam. *Un petit bruit sec* (roman), 2003, 116 p.

Beccarelli Saad, Tiziana. *Les Passantes* (récits), 1986, 88 p.

Beccarelli Saad, Tiziana. *Vers l'Amérique* (roman), 1988, 96 p.

Beccarelli Saad, Tiziana. *Les Mensonges blancs* (récits), 1992, 71 p.

Bereshko, Ludmilla. *Le Colis* (récits), 1996, 152 p.

Berg, R.-J. *D'en haut* (proses), 2002, 75 p.

Bibeau, Paul-André. *Le Fou de Bassan* (récit), 1980, 62 p.

Bibeau, Paul-André. *Figures du temps* (récit), 1987, 112 p.

Bioteau, Jean-Marie. *La Vie immobile* (roman), 2003, 179 p.

Blanchet, Alain. *La Voie d'eau* (récit), 1995, 76 p.

Blouin, Lise. *L'Absente* (roman), 1993, 165 p.

Blouin, Lise. *Masca ou Édith, Clara et les autres* (roman), 1999, 228 p.

Blouin, Lise. *L'Or des fous* (roman), 2004, 265 p.

Boissé, Hélène. *Tirer la langue à sa mère* (récits), 2000, 188 p.

Boisvert, Normand. *Nouvelles vagues pour une époque floue* (récits), 1997, 137 p.

Bouchard, Camille. *Les Petits Soldats* (roman), 2002, 405 p.

Bouchard, Reynald. *Le Cri d'un clown* (théâtre), 1989, 120 p.

Bourgault, Marc. *L'Oiseau dans le filet* (roman), 1995, 259 p.

Bourque, Paul-André. *Derrière la vitre* (scénario), 1984, 105 p.

Brunelle, Michel. *Confidences d'un taxicomane* (récit), 1998, 169 p.

Butler, Juan. *Journal de Cabbagetown* (roman), 2003, 262 p.

Caccia, Fulvio. *La Ligne gothique* (roman), 2004, 153 p.

Campeau, Francine. *Les Éternelles fictives ou Des femmes de la Bible* (nouvelles), 1990, 114 p.

Caron, Danielle. *Le Couteau de Louis* (roman), 2003, 127 p.

Chabot, François. *La Mort d'un chef* (roman), 2004, 108 p.

Champagne, Louise. *Chroniques du métro* (nouvelles), 1992, 123 p.

Chatillon, Pierre. *L'Enfance est une île* (nouvelles), 1997, 125 p.

Clément, Michel. *Le Maître S* (roman), 1987, 125 p.

Clément, Michel-E. *Ulysse de Champlemer* (roman), 1997, 155 p.

Clément, Michel-E. *Phée Bonheur* (roman), 1999, 283 p.

Clément, Michel-E. *Sainte-Fumée* (roman), 2001, 361 p.

Cliche, Anne-Élaine. *La Pisseuse* (roman), 1992, 243 p.

Cliche, Anne-Élaine. *La Sainte Famille* (roman), 1994, 242 p.

Cliche, Mireille. *Les Longs Détours* (roman), 1991, 128 p.

Collectif. *La Maison d'éclats* (récits), 1989, 116 p.

Corbeil, Marie-Claire. *Tess dans la tête de William* (récit), 1999, 92 p.

Côté, Bianca. *La Chienne d'amour* (récit), 1989, 92 p.

Daigle, Jean. *Un livre d'histoires* (récits), 1996, 105 p.

Daigneault, Nicolas. *Les Inutilités comparatives* (nouvelles), 2002, 134 p.

Dandurand, Anne. *Voilà, c'est moi : c'est rien, j'angoisse* (récits), 1987, 84 p.

Daneau, Robert. *Le Jardin* (roman), 1997, 167 p.

Depierre, Marie-Ange. *Une petite liberté* (récits), 1989, 104 p.

Déry-Mochon, Jacqueline. *Clara* (roman), 1986, 84 p.

Désaulniers, Lucie. *Occupation double* (roman), 1990, 102 p.

Desfossés, Jacques. *Tous les tyrans portent la moustache* (roman), 1999, 271 p.

Desfossés, Jacques. *Magma* (roman), 2000, 177 p.

Desrosiers, Sylvie. *Bonne nuit, bons rêves, pas de puces, pas de punaises* (roman), 1998 (1995), 201 p.

Desruisseaux, Pierre. *Pop Wooh, le livre du temps, Histoire sacrée des Mayas quichés* (récit), 2002, 252 p.

Diamond, Lynn. *Nous avons l'âge de la Terre* (roman), 1994, 157 p.

Diamond, Lynn. *Le Passé sous nos pas* (roman), 1999, 200 p.

Diamond, Lynn. *Le Corps de mon frère* (roman), 2002, 208 p.

Duhaime, André. *Clairs de nuit* (récits), 1988, 125 p.

Dupuis, Hervé. *Voir ailleurs* (récit), 1995, 211 p.

Dussault, Danielle. *Le Vent du monde* (récits), 1987, 116 p.

Forand, Claude. *Le Cri du chat* (polar), 1999, 214 p.

Forest, Jean. *Comme c'est curieux... l'Espagne !* (récit), 1994, 119 p.

Forest, Jean. *Jean Forest chez les Anglais* (récit), 1999, 168 p.

Fortin, Julien. *Chien levé en beau fusil* (nouvelles), 2002, 152 p.

Fournier, Danielle. *Les Mardis de la paternité* (roman), 1983, 109 p.

Fournier, Danielle et Coiteux, Louise. *De ce nom de l'amour* (récits), 1985, 150 p.

Francœur, Louis et Marie. *Plus fort que la mort* (récit-témoignage), 2000, 208 p.

Fugère, Jean-Paul. *Georgette de Batiscan* (roman), 1993, 191 p.

Gagnon, Alain. *Lélie ou la vie horizontale* (roman), 2003, 121 p.

Gagnon, Alain. *Jakob fils de Jakob* (roman), 2004, 166 p.

Gagnon, Daniel. *Loulou* (roman), 2002 (1976), 158 p.

Gagnon, Lucie. *Quel jour sommes-nous ?* (récits), 1991, 96 p.

Gauthier, Yves. *Flore ô Flore* (roman), 1993, 125 p.

Gélinas, Pierre. *La Neige* (roman), 1996, 214 p.

Gélinas, Pierre. *Le Soleil* (roman), 1999, 219 p.

Gervais, Bertrand. *Ce n'est écrit nulle part* (récits), 2001, 90 p.

Gobeil, Pierre. *La Mort de Marlon Brando* (roman), 1989 (1998), 135 p.

Gobeil, Pierre. *La Cloche de verre* (roman), 2005, 151 p.

Gosselin, Michel. *La Fin des jeux* (roman), 1986, 147 p.

Gosselin, Michel. *La Mémoire de sable* (roman), 1991, 140 p.

Gosselin, Michel. *Tête première* (roman), 1995, 156 p.

Gosselin, Michel. *Le Repos piégé* (roman), 2000 (1988), 188 p.

Gray, Sir Robert. *Mémoires d'un homme de ménage en territoire ennemi* (roman), 1998, 188 p.

Guénette, Daniel. *J. Desrapes* (roman), 1988, 149 p.

Guénette, Daniel. *L'Écharpe d'Iris* (roman), 1991, 300 p.

Guénette, Daniel. *Jean de la Lune* (roman), 1994, 229 p.

Harvey, François. *Zéro-Zéro* (roman), 1999, 172 p.

Julien, Jacques. *Le Divan* (récits), 1990, 74 p.

Julien, Jacques. *Le Cerf forcé* (roman), 1993, 174 p.

Julien, Jacques. *Le Rêveur roux : Kachouane* (roman), 1998, 206 p.

Julien, Jacques. *Big Bear, la révolte* (roman), 2004, 230 p.

Kimm, D. *Ô Solitude !* (récits), 1987, 142 p.

Lacasse, Lise. *L'Échappée* (roman), 1998, 216 p.

Laferrière, Alexandre. *Début et fin d'un espresso* (roman), 2002, 232 p.

Lamontagne, Patricia. *Somnolences* (roman), 2001, 126 p.

Landry, François. *La Tour de Priape* (récit), 1993, 88 p.

Landry, François. *Le Comédon* (roman), 1997 (1993), 410 p.

Landry, François. *Le Nombril des aveugles* (roman), 2001, 267 p.

LaRochelle, Luc. *Amours et autres détours* (récits), 2002, 124 p.

Lavallée, Dominique. *Étonnez-moi, mais pas trop !* (nouvelles), 2004, 121 p.

Lavallée, François. *Le tout est de ne pas le dire* (nouvelles), 2001, 173 p.

Le Maner, Monique. *Ma chère Margot,* (roman), 2001, 192 p.

Le Maner, Monique. *La Dérive de l'Éponge* (roman), 2004, 155 p.

Lemay, Grégory. *Le Sourire des animaux* (roman), 2003, 110 p.

Lépine, Hélène. *Kiskéya* (roman), 1996, 147 p.

Lévy, Bernard. *Comment se comprendre autrement que par erreur* (dialogues), 1996, 77 p.

Lévy, Bernard. *Un sourire incertain* (récits), 1996, 152 p.

Maes, Isabelle. *Lettres d'une Ophélie* (récits), 1994, 68 p.

Manseau, Pierre. *L'Île de l'Adoration* (roman), 1991, 180 p.

Manseau, Pierre. *Quartier des hommes* (roman), 1992, 207 p.

Manseau, Pierre. *Marcher la nuit* (roman), 1995, 153 p.

Manseau, Pierre. *Le Chant des pigeons* (nouvelles), 1996, 167 p.

Manseau, Pierre. *La Cour des miracles* (roman), 1999, 280 p.

Manseau, Pierre. *Les Bruits de la terre* (récits), 2000, 176 p.

Manseau, Martin. *J'aurais voulu être beau* (récits), 2001, 144 p.

Martel, Jean-Pierre. *La trop belle mort* (roman), 2000, 238 p.

Martin, Daniel. *La solitude est un plat qui se mange seul* (nouvelles), 1999, 145 p.

McComber, Éric. *Antarctique* (roman), 2002, 175 p.

McComber, Éric. *La Mort au corps* (roman), 2005, 303 p.

Ménard, Marc. *Itinérances* (roman), 2001, 242 p.

Messier, Judith. *Jeff !* (roman), 1988, 216 p.

Michaud, Nando. *Le hasard défait bien des choses* (polar), 2000, 216 p.

Michaud, Nando. *Un pied dans l'hécatombe* (polar), 2001, 241 p.

Michaud, Nando. *Virages dangereux et autres mauvais tournants* (nouvelles), 2003, 181 p.

Monette, Pierre. *Trente ans dans la peau* (roman), 1990, 112 p.

Moutier, Maxime-Olivier. *Potence Machine* (récits), 1996, 109 p.

Moutier, Maxime-Olivier. *Risible et noir* (récits), 1998 (1997), 164 p.

Moutier, Maxime-Olivier. *Marie-Hélène au mois de mars* (roman), 2001 (1998), 162 p.

Neveu, Denise. *De fleurs et de chocolats* (récits), 1993, 96 p.

Neveu, Denise. *Des erreurs monumentales* (roman), 1996, 121 p.

Nicol, Patrick. *Petits problèmes et aventures moyennes* (récits), 1993, 96 p.

Nicol, Patrick. *Les Années confuses* (récits), 1996, 95 p.

Nicol, Patrick. *La Blonde de Patrick Nicol* (roman), 2005, 93 p.

Noël, Denise. *La Bonne Adresse* suivi de *Le Manuscrit du temps fou* (récits), 1995, 161 p.

O'Neil, Huguette. *Belle-Moue* (roman), 1992, 95 p.

O'Neil, Huguette. *Fascinante Nelly* (récits), 1996, 127 p.

Painchaud, Jeanne. *Le Tour du sein* (récits), 1992, 95 p.

Paquette, André. *La Lune ne parle pas* (récits), 1996, 159 p.

Paquette, André. *Les Taches du soleil* (récits), 1997, 219 p.

Paquette, André. *Première expédition chez les sauvages* (roman), 2000, 180 p.

Paquette, André. *Parcours d'un combattant* (roman), 2002, 183 p.

Paré, Marc-André. *Chassés-croisés sur vert plancton* (récits), 1989, 92 p.

Paré, Marc-André. *Éclipses* (récits), 1990, 98 p.

Pascal, Gabrielle. *L'Été qui dura six ans* (roman), 1997, 115 p.

Pascal, Gabrielle. *Le Médaillon de nacre* (roman), 1999, 180 p.

Patenaude, Monique. *Made in Auroville, India* (roman), 2004, 211 p.

Pépin, Pierre-Yves. *La Terre émue* (récits), 1986, 65 p.

Pépin, Pierre-Yves. *Le Diable des marais* (contes), 1987, 136 p.

Perreault, Guy. *Ne me quittez pas !* (récits), 1998, 113 p.

Perreault, Guy. *Les Grands Brûlés* (récits), 1999, 173 p.

Poitras, Marie Hélène. *Soudain le Minotaure* (roman), 2002, 178 p.

Poitras, Marie Hélène. *La Mort de Mignonne et autres histoires* (nouvelles), 2005, 171 p.

Poulin, Aline. *Dans la glace des autres* (récits), 1995, 97 p.

Quintin, Aurélien. *Barbe-Rouge au Bassin* (récits), 1988, 257 p.

Quintin, Aurélien. *Chroniques du rang IV* (roman), 1992, 193 p.

Raymond, Richard. *Morsures* (nouvelles), 1994, 169 p.

Renaud, France. *Contes de sable et de pierres* (récits), 2003, 152 p.

Renaud, Thérèse. *Subterfuges et sortilèges* (récits), 1988, 144 p.

Robitaille, Geneviève. *Chez moi* (récit), 1999, 142 p.

Robitaille, Geneviève. *Mes jours sont vos heures* (récit), 2001, 116 p.

Saint-Pierre, Jacques. *Séquences* ou *Trois jours en novembre* (roman), 1990, 134 p.

Schweitzer, Ludovic. *Vocations* (roman), 2003, 188 p.

Shields, Carol. *Miracles en série* (nouvelles), 2004, 232 p.

Soudeyns, Maurice. *Visuel en 20 tableaux* (proses), 2003, 88 p.

St-Onge, Daniel. *Llanganati* ou *La Malédiction de l'Inca* (roman), 1995, 214 p.

St-Onge, Daniel. *Trekking* (roman), 1998, 240 p.

St-Onge, Daniel. *Le Gri-gri* (roman), 2001, 197 p.

Strano, Carmen. *Les Jours de lumière* (roman), 2001, 246 p.

Tétreau, François. *Le Lai de la clowne* (récit), 1994, 93 p.

Thibault, André. *Schoenberg* (polar), 1994, 175 p.

To, My Lan. *Cahier d'été* (récit), 2000, 94 p.

Turcotte, Élise. *La Mer à boire* (récit), 1980, 24 p.

Turgeon, Paule. *Au coin de Guy et René-Lévesque* (polar), 2003, 214 p.

Vaillancourt, Claude. *L'Eunuque à la voix d'or* (nouvelles), 1997, 159 p.

Vaillancourt, Claude. *Les Onze Fils* (roman), 2000, 619 p.

Vaillancourt, Claude. *Réversibilité* (roman), 2005, 256 p.

Vaillancourt, Marc. *Le Petit Chosier* (récits), 1995, 184 p.

Vaillancourt, Marc. *Un travelo nommé Daisy* (roman), 2004, 185 p.

Vaillancourt, Yves. *Winter et autres récits* (récits), 2000, 100 p.

Vaïs, Marc. *Pour tourner la page*, 2005, 113 p.

Valcke, Louis. *Un pèlerin à vélo* (récit), 1997, 192 p.

Vallée, Manon. *Celle qui lisait* (nouvelles), 1998, 149 p.

Varèze, Dorothée. *Chemins sans carrosses* (récits), 2000, 134 p.

Villeneuve, Marie-Paule. *Derniers quarts de travail* (nouvelles), 2004, 105 p.

Vollick, L.E., *Les Originaux* (roman), 2005, 271 p.

MEMBRE DU GROUPE SCABRINI

Québec, Canada
2005